诗路新韵

中共绍兴市委宣传部
绍兴市作家协会 编

浙江工商大学出版社
ZHEJIANG GONGSHANG UNIVERSITY PRESS
·杭州·

图书在版编目(CIP)数据

诗路新韵 / 中共绍兴市委宣传部，绍兴市作家协会
编. —杭州：浙江工商大学出版社，2019.7
ISBN 978-7-5178-3336-9

Ⅰ. ①诗… Ⅱ. ①中… ②绍… Ⅲ. ①诗集－中国－
当代 Ⅳ. ①I227

中国版本图书馆 CIP 数据核字(2019)第 142918 号

诗路新韵
SHILU XINYUN

中共绍兴市委宣传部
绍兴市作家协会   编

策划编辑	任晓燕
责任编辑	张晶晶
封面设计	林朦朦
责任印制	包建辉
出版发行	浙江工商大学出版社
	（杭州市教工路 198 号　邮政编码 310012）
	（E-mail：zjgsupress@163.com）
	（网址：http://www.zjgsupress.com）
	电话:0571-88904980,88831806(传真)
排　　版	杭州朝曦图文设计有限公司
印　　刷	浙江全能工艺美术印刷有限公司
开　　本	880mm×1230mm　1/32
印　　张	8.625
字　　数	190 千
版 印 次	2019 年 7 月第 1 版　2019 年 7 月第 1 次印刷
书　　号	ISBN 978-7-5178-3336-9
定　　价	42.00 元

本书编委会

主　　编：魏建东

执行主编：东方浩

编　　委：王文锋　毛永伟　何玉宝

　　　　　罗洪良　周　奎　潘丽萍

序

    打造浙东唐诗之路是省委、省政府提出的浙江大花园建设的重要内容,也是绍兴重塑城市文化体系,努力将文化资源的厚度转化为文化产业发展高度的重要举措。

    浙东唐诗之路是一条人文历史之路。越文化历史悠久、源远流长,从吴越争霸的越地雄起,到魏晋六朝的文化繁荣,再到京杭运河的开通、浙东运河的繁兴,为浙东唐诗之路的形成奠定了深厚的基础。这里是中国山水诗的发祥地,也是中国山水画的起源地;是中国书法艺术的朝圣地,也是六朝名士文化的中心地。浙东唐诗之路是继丝绸之路、茶叶之路、瓷器之路后,又一条体现文化的诗歌之路,是绍兴历史文化的一个缩影,串起了绍兴人文发展的整个历程。

    浙东唐诗之路是一条山水旅游之路。这是唐代诗人在浙东行吟聚会中形成的一条山水人文旅游线路,以西陵(今萧山西兴)为起点,经水路入绍兴古鉴湖,而后由浙东运河、曹娥江至剡溪,再溯源至石梁而登天台山,是贯穿于浙江东部的一条古道。这里千岩竞秀、万壑争流,游历的诗人徜徉其间,聚会游赏、唱和联咏、寄赠饯别、感兴咏怀,在《全唐诗》收录的 2200 余位诗人中,李白、杜甫、元稹等 450 余位诗人留下了 1500 余首赞美稽山鉴水的壮丽诗篇。后世诗人更是络绎不绝,留下的诗作恒河沙数,浙东的诗歌之路一直保持着特有的风采。

浙东唐诗之路是一条传承发展之路。推进中华优秀传统文化创造性转化、创新性发展,是习近平同志提出的坚持文化自信的重要内容。浙东唐诗之路自 20 世纪 90 年代提出以来,绍兴作为"浙东唐诗之路"上占比最大、山水资源最丰富、留下诗歌最多的精华段,努力克服线长、点散、面广等不利因素,坚持以融通理念串联整合诗路资源,按照"一路多点、多点联动"的思路,加强市级统筹规划,强化资源要素整合,将"浙东唐诗之路"与绍兴文创大走廊建设结合起来,将文化资源禀赋和产业基础结合起来,差异化打造全市域诗路文化产业带,着力推动"浙东唐诗之路"的文化价值向产业价值延伸,取得了较好的成果。

唱和联咏并结集流传是浙东诗坛的传统,为浙东唐诗之路的形成和发展起到了重要作用。东晋永和九年(353)王羲之的兰亭雅集,曲水流觞,诗酒酬唱,留下了 37 首"兰亭诗"和彪炳千古的《兰亭集序》。永和以来,历代诗人在此联咏不断,影响深远。为挖掘文史资源,激发文化认同,普及诗路价值,近年来,当代绍兴诗人围绕省委省政府"打造浙东唐诗之路山水人文旅游精品工程"的重大决策部署,积极投身浙东唐诗之路文化资源的挖掘与推广,持续进行"新诗人重走唐诗之路"采风活动。诗人们深入浙东山水、深入基层生活,创作了大量吟咏绍兴山水人文的现代诗歌,集腋成裘,结集成《诗路新韵》一书,延续绍兴文脉,值得庆贺,值得点赞!

诗歌的力量是持久的、永恒的。浙东唐诗之路因诗而名、因诗而兴、因诗而传。《诗路新韵》中200多首诗篇必将推动浙东唐诗之路文化资源的传承和利用、旅游资源的宣传和推介、品牌资源的挖掘和推广，为繁荣绍兴文化、推动浙东唐诗之路建设做出积极贡献。

是为序，以此祝贺本书的出版！

丁如兴

2019年4月2日

目　录

陈　波

陈波,网名百合凌波,70 后,浙江省绍兴市越城区人。2012 年开始发表诗歌、散文、小说,2014 年出版散文集《心暖花开》,现为浙江省作协会员。

剡溪(外二首)

溪面开阔,一叶扁舟水中漂浮
一人一竿一筏,微澜里抖落几条鱼儿
皱褶的波纹,跃起一串调皮
幽深的清水映着芦苇丛,日光拥抱着它们
芦花飘荡宛如流动的诗,一行一行随风摇曳

沿着剡溪的路很长,红色的塑胶路
溪水过了仙岩,经三界涌入上虞
岸边的石板,青苔潜滋暗长
红花、黄花、紫花,等待春天的到来
清新的负离子空气,洗去一身的疲惫

剡溪,唐诗之路发祥地
白鹭洲、嵊溪村、神明镜不一样的风情

请沿河流奔跑吧,在碧绿的水畔

跑成一颗流星,截取人生路上的一小段幸福

无须抬头,也能看到一双双穿越时空的喜悦眼睛

吟诵李白的《秋下荆门》

作画《谢玄游览将军潭》之画

诗情画意,翻过一页又翻一页

穿越千山万水,涉过朝露晚霞

聆听仙岩"有位佳人,在水一方"的赞叹

用双眸刻下最后的深情,记忆不老

我是来看仙岩的

秀美的岩石,横卧在剡溪之上

横看、侧看都是一道绝美的风景

没有来过,此时却不想离开

古香榧群

这一片山林,最安静的是榧子树

古道上,青石台阶的光阴里

风在枝叶间微微移动

小小的榧果睁大眼睛,闪闪

每一年，果子落下时，就又有小果产生
在林里，安栖下众多的种子

蒲公英高举着伞，风一吹就挂上了榿叶
冬瓜躺在地上，一动不动自生自灭
落叶、鸟鸣、行人
几个泥地里的脚印

秋天已落幕，初冬接着登场
榿林里蕴藏着一种声音
诗人们，悄然而至
迷恋这条小道上穿着红衣的女郎
千年古树，凌乱的针叶
吸引一道道亮亮的目光

山中黄泥房

像一段旧时光，只隔一面墙的距离
几块不大的菜地，青菜和萝卜
绿仿佛停留在上一个季节
墙上黄黄的泥，跳过木门槛
站在屋前，阳光正好

妇人煮着午饭，里面飘出香味

院里晒着番薯、芥菜

袅袅炊烟，鸡鸣犬吠

生活不重要，怎么活才重要

选冬暖夏凉的黄泥房，做一个隐者

闲下来的慢生活，人生下半场

写几行诗句，游走于这片美好的净土

陈立明

陈立明,笔名橘子,浙江上虞人,绍兴市作协会员。生于 1976 年 4 月,喜欢画画,热爱诗歌。2013年初开始创作诗歌,部分作品发表于《浙江诗人》《文学月刊》《野草》《鉴湖》《南方诗人》。

在皇渡桥上(外四首)

你还在搜寻着什么
在渡口,在彼岸,或者
在赶去的另一座城

我经过你,懵懵懂懂,跌跌碰碰
人生的路起起伏伏
在皇渡桥上,这是否就是答案

鳞次栉比的卵石排列着岁月的经纶
斑驳的石纹里刻下的是沧桑

我必须轻抚着它,恍若穿越
一个一个的朝代

梦里再回到那一处叫儒岙的小镇

那时候,时间总是有的
那时候,商道上的马车、牛车都是慢悠悠的

那时候,路边的草也是慢慢地长
慢慢地灭

万马渡

我要翻越过多少山岭
才能到达你温柔的腹地

我要攀爬过多少巨石
才能触到你深处的甜蜜

在这个旱季
上天都欠着我们一场生不能相逢的雨
这样,我才能聆听你
梦里的呼吸
与你
共赴一场策马奔腾的誓约

在日铸岭

——给赵构

可以再慢一些
再缓一些
突然停住时光的脚步

可以再轻一点
再近一点
甚至退到八百年前的宋都

这萍水的相逢
这苔藓遍布的驿道,这扶摇直上的云梯
你我,也是布衣

今日,在这竹海深处
在下马桥,在议事坪,我们不谈国事
不谈前史,不谈追兵

我只想问,太祖的遗训:
一经,一拳,一斧,一酒
你可曾记得

蟠龙山居

森林、河流、土井,都是
我的粮食
桑园、荷塘、菜畦、竹林,都是
我的早课。在蟠龙
山顶
我能倾听千年的涛声

立于山丘。远山之外还是
远山。在蟠龙山居,我与石头结为
兄弟
我要用锄头生活。在黎明前
种下诗歌

桃　花

看你时

正是草长莺飞的三月

阳光柔柔，人面相依

仿佛步入一个繁华的宋都

热闹的市集，林豹头在菜园喝酒，娘子在家纺纱

宋衙子寻花

所到处，天色黯然

让我不能想起，这是在昨日还是来生

你的美

是我撼动不了的清愁

就像站在这沃州，满目的桃源

春风一度

万枝攒动，来烧灼我的今世

陈世琪

陈世琪,浙江上虞人,现为新昌县礼泉小学教师,系绍兴市作协会员。

雨中沃洲（外三首）

白雾弥漫在沃洲湖上空
四周的云气蜂拥而来
雨脚奔驰,歇在广袤湖面上
似笔意简洁的画

沃洲湖的风啊
是一条漂浮的龙
变化多端,翻水卷珠
只为书写这一刻的奔腾

亭亭荷叶立在水边
柔软青苔茂盛似帛
一湖的生机,冲破这湖面
要在这倾盆的雨里放声高歌

秋游大佛寺

苍翠古树拔地冲天

僧人与游客往来穿插

香雾升腾

没入云霭

将大佛托到

一个慈悲的高度

梵音漠漠

在轻涛里低回

竟连

这凉日秋风也被熏暖

卧佛慈祥的眉头里，凝敛着

道不尽

道不尽无限的恩赐

与救赎

天台山华顶

不是偶然,是上天的馈赠

那些红的,白的,紫红的,红白相间的……云锦杜鹃

啜饮着高山上的甘露

令人怦然心动

多少的惆怅与茫然

都被这山顶奇艳吞融

花,开在云端

雾,飘在花海

迎着阳光

徜徉在别样的春风里

思忖人生

与造化的无常

斑竹村

群山延绵,拱月般,拱起一座村庄

不是仙境,是人间的乐土

农民们扛着锄头

满心欢喜地接受大地的馈赠

山歌回荡在斑竹村的上空

国道边，车来车往

谁都能听闻斑竹人民的欢声笑语

更不用说，那冉冉炊烟下

飘散开来的饭香

竹节在大红的火焰里毕剥、毕剥

糯米、青豆、香菇、肉丁、笋丁、玉米粒儿、鸡蛋粒儿……

特色的竹筒饭

是否

吸引到了远方的你

东　白

东白,本名施德东,网名、微信名东方既白,在浙江越秀外国语学院工作。中国诗歌学会会员,中国科普作家协会会员,《远征诗刊》策划人。

踏上天姥山(外二首)

天姥连天向天横
诗人游历,太白的感慨
我越想诗的意境越向往

逮住一个机会
向野外军团借来五百个胆
征一次天姥山

从古越迎恩门出发,一车飞渡
身登人造天梯
古村斑竹西坡上

云霞明灭依稀
穿越玻璃栈道

辗转密林灌木小路

忽左忽右直上云顶
站在北斗尖最高处极目瞭望
寻寻谢公屐
怎也未见青云梯

登上一个空楼放鹤台
未闻天姥声
未闻空中天鸡鸣

天姥山区区海拔九百
北坡下山
却是千岩万转路

雪后处处枝断树倒
倚石嶙峋,溪水叮咚流淌
殷岩泉,虎咆龙吟

实感太白梦游天姥的艰难
信诗仙跟我们走的
是两个世界
不同的时空,不同的路

斑竹村

世界辽阔,从一个地方
到另一个地方
生命有限,地方行走无限

没有诗人天姥梦游
或许一辈子
与天姥神山无缘,与古村无缘

斑竹子嗣
千万年驻扎守护天姥圣山
天不老,他们情不变

这古老的村庄
离我遥远
现在已走进我的心坎

或许,是姥姥的指引
让我亲近
这不是姥姥的缘故吗

文人墨客心往

难道谢公不是

徐霞客不是,问一声太白吧

他们踏出一条浙东唐诗之路

我不是

因为偶然的因素路过

我是红尘中

一粒尘埃,是灵魂的摆渡

投入天姥的怀抱,落在惆怅溪上

一颗凡心

行走在烟波山水之中

天烛湖

天烛,你在哪里

莫非落入了之字形的湖中

十里潜溪

新昌藏有东方明珠

不要找了

一定在人工湖里

湖中流入天台山的翠绿

为什么

用碧玉掩盖天烛

浙东,唐诗之路

山顶确有一座天烛庙

因为庙

头顶着一片蓝天

东方浩

东方浩,本名蔡人灏,60后诗人,出生于浙江嵊州,现供职于绍兴市级机关。中国作协会员,绍兴市作协副主席、诗歌创委会主任。主要从事诗歌写作,作品见于《人民文学》《诗刊》《星星》等百余家刊物,出版个人诗集八部,其中《寻找》获绍兴市第十二届鲁迅文学艺术奖。

熟悉和陌生的景象（组诗）

樟亭,或西兴驿

大唐的吟哦,还在那些青石板的缝隙里
隐约响起来,就像那些青草在十月的风中轻轻摇晃

钱江的潮声已经远去,众多的背影依然清晰
入越或者离去,驿站的灯光无疑是难忘的叮咛

那些年的马蹄声声,那些年的鸿雁来去
那些年金榜题名,那些年浪迹江湖

无论月光下芭蕉的巨大投影，轩窗里的朦胧
无论朝阳里高大的骏马嘶鸣，旗帜下的豪情

迎来送往，酒或者诗是不能缺席的
歌或者舞，就是风景，就是山高水长

短暂的停留，其实是无限的留恋和回忆
短暂的停留，其实是无限的开始和寻觅

这个十月，我徘徊在古老驿站最后的青石板上
无数吟唱，仿佛亲切的乡音落叶般包围了我

哦，我必须写一封信，写一首不押韵的诗
寄到那一年，寄到那些渡钱江而来的诗人手中

西陵渡

运河的水荡漾着浙东门户，最初的倾听
已经被深夜的风，拍打成树叶的低语

渡口的船，总被岸边的灯笼照亮

酒楼里的对饮和畅叙,刚达到七八分的醉意

一群又一群从远方到来的人,羽扇纶巾
内心充满远游的激情,充满东南山水的梦幻

所有的寻找,只是为了完成一个曾经的诺言
全部的脚印与诗篇,再一次抬升了美的高度

照壁上的墨迹,还在流淌着古老的气息
书斋里的朗读,传递着太多唐朝的口音

今夜我随手打开一册线装书,就触摸到
西陵渡的波涛,用五言七言的桨声拍我的心跳

云门寺素描

一座古老的寺院
一个年轻的僧人

曾经有王羲之的真迹
曾经有陆放翁的草堂

六寺的香火不再于秦望山下缭绕
大唐的吟哦依旧在若耶溪上起伏

今日此刻，我也慕名来到云门寺
我不写诗，我只是抬头识字

云——祥云的云，门——佛门的门
清——清心的清，慧——智慧的慧

东山雨雾

这样一团东山的雾，又一次
被我的目光真实地打量
岁月的高度，在细雨中一点点上升
一条道路，蜿蜒着通向另一个巅峰

我将安静下来，如同这一座江南的小山
只有竹林中的清风
搅动我的凝望，只有始宁泉的绿
把清澈——注入我的诗歌

作为一个朴素的诗人，我混杂在

更庞大的队伍中

仿佛一棵树,生长在山林中

仿佛一滴水,漾动在宽阔的池塘中

东山之雨现在渗透我的思绪,我放弃了伞

如同放弃古老的盾牌,我的手抚住青石的华表

我的体温,是另一种淡淡的言语——

是的,我留下了我的叮咛和方向

谢灵运垂钓处

此处水面辽阔,江风徐来

此处水清潭深,帆船远去

一个长衫背影依然肃立在高崖上

钓竿细微,而鱼线更加细微且长

风从头顶吹过,这是秋天的风

湛蓝的天空,还没有鸿雁飞过

只有云朵,在一丝一丝移动

而江水的流,已经快过云朵的速度

可以想象,当年的垂钓

完全是一种闲情逸致,乘兴而来
兴尽而返,有鱼或者无鱼
不是最主要的

那么,在经历了一千六百多年的今天
一个写诗的人,满怀敬仰
又一次来到这里,这个两手空空的人
想钓什么又能够钓起什么

鹿门书院

书院已旧,它的年龄细算一下
已有八百多岁,当初的时光叫宋
那时的流水、清风和明月
有书香、墨香和长吟短歌的香

吕规叔的一念之间,筑就了一方经典
朱熹先生的讲座
留给贵门山的岂止是宏论和视野

可以隔尘,可以出云
可以听鹿鸣竹林,可以看雨打芭蕉

旧时的花格窗和台阶,还有谁
在倚靠,在轻轻移过

一扇无限珍贵的门,由此打开
在西厢房,在一张崭新的书桌前
我坐下来,端正身子,凝神静气
仿佛八百年前的一个无名学童

在天姥山上

在这样的一座山
在这样的峰顶
喘息初定的我,像一个最普通的人
远眺,再一次尽情地远眺

那些熟悉和陌生的景象
一一涌现,无论远或近、清晰或模糊
我知道——那是一些低处的生活
而我,在天姥山上北斗尖

午后的风,吹动我的衣衫
四月的清新,是另一种流水

洗涤着，我仰望多年的目光

此刻，我不敢仰天长啸

因为李白告诉我，此地有仙人

更不敢浅吟低唱

因为李白的声音就在身边

此时此刻——我只想着来一杯酒呀

最好是一坛，我就席地而坐

在那棵松树下，在那块苍岩边，邀清风同饮

一直喝到明月松间照，再踉跄下山

秋风中的大佛寺

旧时代的光芒，被文字和目光

反复擦洗着，非但不模糊

居然愈发清晰，在秋风中闪烁

一尊佛，更多的佛

在这片山林中修行

它们安静肃穆，从不开口说话

事实上它们早已用不着说话
这样或坐或卧或俯或侧的姿势
已把前世今生和未来,摹写殆尽

一叶一世界,一花一如来
这漫山遍野的花草树木
是谁的记忆,在秋风中簌簌作响

山径曲折,一条路通向无数个方向
而挑檐下的风铃,再一次响起来
像雨水播撒四方,播向苔藓和蚂蚁

这个秋天,我内心里充溢仰慕
仿佛风声在山谷间鼓荡冲撞
久远的呼唤,有回声隐约传来

这个秋天,我不为一句偈语着迷
我只愿大佛寺的秋风,渐渐把我吹黄吹亮
就像那片叶子,摇晃却不凋落

董建民

董建民,网名沧海一粟,生于 1970 年 2 月,浙江绍兴人。绍兴市网络作家协会理事、柯桥区作协会员。有诗作发于《浙江诗人》《绍兴日报》等。

在兰亭(外四首)

兰亭夜酌,朋友从远方来
围坐,喝酒,谈诗,想着昔日的流觞曲水
白鹅和墨的往事,都嵌入了石碑,潜进宣纸
黄酒又引慕名者,叩开重门

有人在诵读一首《在羲之墓》
灯火的心旌,逐渐摇曳起来
酒汤的纯,替人卸下面具,慢慢浮现出从前的自己

相信此刻,躺在墓穴里的主人,已经抚平伤痕
在兰亭,所有饮下的酒
未能一一点燃成诗。那只白鹅,它自饮聆听
或者曲项向天
像在远远地寻看,多年前,失散的故人

在羲之墓

白鹅化鹤，在瀑布山栖息
荒草萋萋在墓顶书写行草，不慢不紧
瀑布山的李花开了，樱花也开了
遁入地下的诗句再次跃上枝头绽放
被慕名而来的人一次次吟哦

一个被世事嶙峋戳痛的人
一个以笔为刃的人，像倦鸟归巢
只想与白鹅为邻，与青山为伴
眼到之处，这一千六百年的华堂就是见证

山溪沿路而下，流水潺潺
曲水流觞饮酒赋诗，情景依稀
驻足仰视，不敢靠近水圳
生怕随波而来的羽觞停留在我脚下
我沉重的肉身却无法借此飞翔

华堂·九曲水圳

捧一手清泉，看流水从指间滑落

驻足在九曲水圳

遥想当年石氏变卖嫁妆建圳引水的义举

耕作、灌溉、淘米、洗涤、挥毫

羲之后裔的生活在导游的嘴里复活

清泉冲洗着一颗颗卵石

从东晋永和十一年开始

刻画在华堂墙上与羲之家训馆里的遗风规训

如淙淙流水渗透在古村每个角落

扎根于一草一木

这条流动的水圳哦！多像一面移动的镜子

照过古人，照亮来者

渊明故里

五月
桃花远去，桃果渐红
在齐贤，楼宇的高度不及南山

东篱下，菊香藏于花蕊
田地错落有致
每一个晨曦，都似曾相识

徒步在田垄上
"开荒南野际，守拙归田园"
双翼舒展，眼到之处搜寻千年净土

倦鸟化成塑像，静看世事
不知是否还记得
那个紧随其后的故人

山水田园

有山的地方
常有一方清潭
山不知名
水也无声
在尘世之外，静静相守

竹篱围起一方天地
收留匆匆的脚步
从此，只有你
与诗意桃花越走越近

你说，这才是真实的天下——
有山，有水，有你

芬 芳

芬芳,本名潘雅美,上虞崧厦人,小学英语教师,有诗作见于公开报刊。

香榧林（外三首）

登上五百多米的画图山
走进那一片香榧林
它们把枝丫伸向天空
如一只只打开的巨大手掌
托起一片苍穹

我敬畏地望着
这一棵棵香榧树
想象着
它们经历千年风雨

它们把根深深扎进这土地
把满腹的心事掏空
掏尽
不让人知

抬眼，那满树的青苔

掩映溪流的痕迹

倾泻着一种暗绿的心思

华堂古村

那朵温婉的李花

落在华堂的戏台上

铺满鹅卵石的路上

就有了清清浅浅的韵味

一滴一滴的水

来自一条叫平溪江的河流

滋润了村那边千百年

也养育了村这边千百年

据说有一只鹅

摇摇摆摆地走上了戏台

唱戏的女子

就再也不肯走出这村子

在灵鹅

一树一树的李花开了
白如雪
怀揣诗意的人，着各色春衣
踏青而来

拾级而上，汗水挥洒于山间
想象那位"化鹤归来"的先人
此刻，是否隐匿在人群之中
笑叹今人的痴癫

在鹅峰山顶，驻足
虔诚地双手合十
大佛不语
静看花开花落

石鼓寺

从东晋延续的香火
依然还在延续
端坐祠内的灵王神像
佑护着石鼓山的一方乡民

溪水绕庙而过
日复一日，年复一年
它们欢快的脚步亦如此刻的游人
不愿停歇

站在寺中，想象庙会的喧嚣和热闹
回忆越剧小姐妹吊嗓练功的场景
我嘶哑的喉咙
多想唱出一曲凄美的越音

山风吹过，李花片片的白
落满心田

风 儿

风儿，原名郑枫，1965年生于绍兴。爱好诗歌、摄影、旅游以及其他美好的人、事、物。

古道、古村及其他（组诗）

盐帮古道

匆匆的脚步，沉重的呼吸
吸进隔世的恍惚
呼出探寻的好奇

草丛中延伸的官道
岩石砌起长路
岁月的潮汐把石面打磨得泛起油光

骡蹄日复一日敲击
汉子的汗水滚烫淬炼
负重的商队在这里交会、远行

千足之虫问过骡子的心事

野山楂尝过汉子的相思

水帘尖的老树，记得盐帮的去向

承载百姓命脉的枢纽啊

时间溶蚀了你的青春

而你执着地坚守，不肯老去

穿过荒凉和沧桑

每一步都温习了往日的繁荣

结局山肃立，结局是新的开始

在茅洋古村

鹅卵石铺就的小路

引我们穿越到古代的村庄

入眼的一幕幕

如同翻阅一本立体线装的旧书

满目时间的杰作

深深的庭院，野草寂静地诉说

雕刻的门窗，在光影里黯然神伤

斑驳的泥墙，记录风雨的淋漓

唯有古井和小溪一如当年

小狗奔跑着热情地迎出来

淳朴的村民腼腆含蓄

讷讷地介绍家族的故事

破败的外观隐藏着智慧的细节

落寞中透出淡定和坚守

炊烟的味道是最鲜亮的一笔

千锤之下，热乎乎软糯的糍粑

现烤的麦饼，裹起生活的细节

传承而来的美食是最好的款待

痛饮时间酿制的酒吧，不醉不归

乌泥岗上菩提茶

蜿蜒的山路欢快地在林间游走

牵起各处散落的村庄

云雾漫过山腰，温柔拥抱每一片叶

云雾里，稳健的乌牛悠哉沉浮

慈云寺的梵音和着茶香

绕出层层绿油油的茶园

竖笛吹起空灵的仙音

樱在秋风里翩然舞蹈

水柱,从高处落下

滚烫地打着旋,溅起些许水花

几片金黄的叶子在水中沉浮

片刻,沁人心脾的茶香席卷了乌泥岗

轻啜一口菩提丹芽

唇齿间便有了田园的味道

香茗在手,昆曲在耳

心中只剩下诗与远方

唐诗的味道

在儒岙,有一座天姥山

随便走一走

一不小心,就

走上了唐诗之路

在儒岙，去农户家中
尝一口当地的糯米麻糍
卷了馅儿的麦饼
闭上眼睛品味
可以感受到唐诗的味道

不信吗？你看
采风的诗人们
或小心翼翼，若有所思
或欢天喜地，意犹未尽
虔诚地捧着土制点心
回味和沉醉
虽然现做，却
传承千年，历久弥新
虽有少许变革，却
保持传统的制作模式
虽非主食，却
香甜美妙，必不可少
这，正是诗歌的味道！

在儒岙，在天姥山
无论走在何处，请
深呼吸，再深呼吸
因为这里是天然氧吧

更因为呼吸到的是

唐诗的味道

天姥寺遗址

石碑老了

要讲的故事,已经模糊

田地年复一年耕种、收获

寺中复田的僧人

轮回又轮回

青苔爬上古柏

放生池里立了假山

庄严肃穆的古寺

在时光的转换里

面目全非

横板桥静卧千年

古驿道默默叹息

时间的河流里

已寻不见大雄宝殿

冯家齐

冯家齐,网名太白纵苇,70后,绍兴人,有诗歌、散文、杂文发表,散见于《上海文学》《杂文选刊》《散文》《星星》等刊物。

水墨兰亭(外一首)

《兰亭集序》真的沉得住气
居然伴着唐太宗沉睡千年
只因曲水流觞
端起了半个文坛
天上的水
山峰研的墨
跟着王右军酩酊大醉
化为泚水
谈笑间
被谢安退掉八十万大军
怒而欲飞的鹅
侍立在案头
一点起兰亭
一横串古今

一捺到天涯

放浪形骸之后

小溪是大地轻轻的合十

禅悟一室之内

永和九年的那一支笔

背着天下第一好累

真想回到原先的那一片天空

梦回白塔洋

白塔洋化为长河

浪花记载着风帆

拉长了路途的苦难

爬向河边的藤蔓

花儿藏着尖刺

江水拖进白塔

芦苇顺着风的方向

官军万箭齐发

可怜劫富济贫的黄鳝将军

只因逆风的那一支

留了嵇康一宿
夜色掩不了星辰
《广陵散》就此诞生
用生命谱就
天地间回荡着血腥与刚直

乌篷船划着生活
燕子衔来春天
被自己化作了传说
在梦里的样子
心弦轻轻地一拨

韩秀山

韩秀山,吉林人,现定居绍兴,生于 1963 年。1984 年开始发表作品,先后在《作家》《上海文学》《诗人》《广西文学》《北大荒文学》《吉林日报》《诗选刊》《散文诗》《北极光》《星星》等报刊发表诗歌。系吉林省作协会员、中国化工作协会员、中国散文诗协会会员、中国科普作协会员。

重走唐诗之路（组诗）

日铸岭

剑没了
日铸云梯还在
仙雾缭绕
弃之如履
也是一条千年古道

剑没了
日铸茶还在

陆羽上瘾了

香茗溪总要润珍贵仙茗

煮出来的茶马文化

有些剑气

剑没了

瑞气和光

走进平水

若耶溪的秋波

秦望山的翠绿

平阳寺的钟声

悠然地陪伴着人们

幸福享不停

刻石山

没有碑的山还叫刻石山

任性

碑丢了

斧凿的现场还在

棋盘石还在

对弈的神仙云游了

不做证

李斯没查

秦始皇没究

无碑和有碑一样有底气

心中有碑

碑本来就是要刻在心里

插碑的最佳处

就是要你来

就是要你看

就是要你猜

就是要你见证山水灵秀

就是要告诉你

还有个小名叫鹅鼻山

前面崎岖的那个岔路口

连着一条浙东唐诗之路

寺　院

平水的寺院很多

诗人必游的云门寺

葛玄学道的平阳寺
兰若寺水库还有沉底的一处

清香一炷
梵音轻轻盈耳
上山有雨
寺里赠伞
风中的和尚在山门处
挥挥手竟有依恋
难不成这就是佛缘

烟火多了
香火正好洗洗
修修身修修性不算污染

无尘殿

无尘
就是没有麻烦
早不擦晚不拭
草绿花开
不见无尘

心里也无尘

尘未来

尘去也

一样

风的翅膀

吹动

转了殿门

崿山古道

又见古道

在剡溪畔

在仙岩上

西鲍村仍在

古道已千年

流年磨光的石板

蜿蜒

枯叶懒散藏匿古韵

冬日暖阳

细品唐诗墨迹的浅淡

古道就是古人一条松弛的
腰带
曲曲弯弯
把一个个幽静的山村
串起
舍不得放开

唐诗之路

芬芳的诱惑
山水的诱惑
唐诗的诱惑
不如梦的诱惑，朝拜的人来多了
路就有了
何况千年之久的平仄
兀立
闪你的腰
闪你的青春
不闪脍炙人口的诗眼

诗是原来的诗

诗路新韵

路是原来的路

重走的却是今朝的游人

导演导游站在两边

放牧旅游

每一个景点埋伏几个韵脚

等你踅入

笔墨伺候

诗仙归去来兮

拈一炷清香

青烟袅袅

让孤傲的诗情

抵入尘埃

诗不来亲近我们

我们来亲近诗

何海玲

何海玲,生于 1970 年 7 月,中学语文教师,绍兴市作协会员、摄影家协会会员,国家二级心理咨询师。1993 年开始诗歌、散文创作。

万年河,皇渡桥(外一首)

万年河脉脉含情
从遥远的唐朝出发
小心翼翼地收集
无数松针上圆滚滚的露水

从不在乎自己的前世今生
但她记得
与一位帝王行色匆匆的邂逅
记得一座桥分娩的整个过程

她愿意与这座桥相依为命
就像此刻
我愿意在桥上
落地,生根

就像那些不期而至的藤蔓

给生命一个缠绵的许诺

谦卑地垂落

落到柔嫩的波心

一定有些什么需要铭记

在岁月的桥栏上

一定有些意义与情怀

值得一生探寻

老书记记忆犹新的传奇

满地春草一般蓬勃的诗行

南来北往的脚步声声

晨雾夕岚的每一个动人瞬间

或者，就在风声雨影的皇渡桥上

守候千年

守候一场不疾不徐的灾难

一场魂牵梦萦的约定

水帘洞前的情思

用一个暖暖的午后
抵达 1700 多年前的晴岚，秋阳

满地的阳光全是金黄的
一如枝头招摇的柿子

丰收前静默的田野
是一幅引人入胜的油画

梵音清脆如斯
在这东岇山苍翠的谷间
已安居千年

一片片琐碎的树叶儿
穿透阳光的缝隙
在风中幸福地战栗

燥热的心也逐渐宁静
在这片正直的水杉林里

等待一场南朝的叙事

怎么也应该在清斗潭前

落座,闲思

看一线银丝

在阳光下孤独而舞

瘦小的身子摆脱不了风的纠缠

听,"嗒嗒"的马蹄声

从遥远的京城逃逸而来

在马蹄岩上腾空而起

潜公台上的那场讲座

澄澈,透明

穿越了清浅的光阴

空灵的山泉

如跳跃的情思

在时间的长河里飘洒,翻飞

何玉宝

何玉宝,生于 1969 年,江苏如皋人,现居浙江绍兴,自由写作者。江苏省作协会员,以舞台文艺创作谋生,兼写诗歌和小说。曾主编诗歌民刊《绍兴诗刊》,著有诗集《雨季》、声乐专辑《越地五女》(作词)、音乐朗诵剧《越地飞歌》(编剧)等。

在东山(外六首)

飞鸟,翅膀拍打着宁静
越过云水间,飞向葱郁的山谷

静观棋局的人,策马扬鞭而去
一场搏杀,无数头颅散落旷野

之后,静守寂寞的太守
在先祖的隐居地隐藏抱负
行走山水。在诗意中云游
在江南,随兴起舞的文字
引无数后来者流连忘返

鸟还在飞

"东山再起"的传说和太守隐居的故事

被历史的风尘掩埋

成为这山坡上坚硬的石头

静坐在风吹雨打之中

在沃洲湖想起唐朝

在沃洲湖，在一条游船上

想起唐诗，想起唐朝的人们

想起过客把酒的醉姿

想起他们的路和田园

想起山风吹拂樵夫的鬓发

想起他们像湖底的鱼虾

诗意的散漫生活。我就

扯着嗓子在心底里叫喊

喊得沉在水底的脚步和闪烁的诗行

激情涌动，像风卷的波粼

在湖面上肆意地四处奔跑

溪上记事

丝雨被风吹斜
古桥、古树，无古人

我欲填一曲宋词，却不知从何落笔
这画里的意境是一声美的赞叹
从桥上走来的妹子，被古树勾引了视线

我们约定好，要在溪上
要在古桥上和古树一起合影

风太性急了
挟着雨丝匆匆而来，催促我们快点离开
让约定成为美丽的谎言

强口记:图画与传说

仙君庙在山脚下，千年古井在稻田边

稻花香在深呼吸里,来去之间在回首之外

谁在嵊山一隅,构思了这幅图
用水墨,画下强口
写诗的人,已经远去千年
传说者,世代相承着家风
在山水之间造下这番景象

我不问传说出自何人
传说里,这井、这庙、这强口
都是谢康乐的游踪,抑或遗迹

我们无法证实传说,也无法怀疑传说
只能顺着传说,从这里出发
沿着盘山路,向更深的山里
效仿谢康乐,漫步嵊山剡水

那年,在石梁未遇飞瀑

阳光带走水,而生雨的云
淡得辨不清身影

那年,站在石头上仰望石梁

青苔绿和流水的痕迹

让想象力张扬

那是一路颠簸,在晴朗的天空下

我未遇飞瀑

那年,已经只剩下记忆

石头与溪流,翠竹与绿树

蒙着神秘的飞瀑

只是一组图片上的风景

很诱惑人

那年,在石梁未遇飞瀑

才有重走的愿望

撩动思绪

夜宿天台

并非效仿古人,只是一场聚会

要聚在天台山上,与国清寺为邻

住一个晚上,感受靠近佛门的安静

那些高谈阔论的人，不为修心

只是靠近佛，诉求保佑

他们的谋略早日成功

赚钱、赚钱，积累财富

在商场上叱咤风云

我是旁观者，除了静听

还是静听

夜宿天台，我是一群人中的

孤独者。他们谈财富、谈梦想

我穿过黑夜听晨钟、看隋梅

在一缕晨曦里，看露珠在叶子上发光

在心里闪亮

唐诗里的天台山

华顶山、国清寺、桐柏宫

石梁飞瀑、云锦杜鹃、隋梅

在唐诗里翻山越岭

抵达魏晋风度

漫游、读书于山林
那些任性的唐代诗人
追随孙绰的《游天台山赋》
在山水形胜里酬唱
在刘阮遇仙的地方迷途

唐诗里的天台山
魏晋风度的天台山
是诗人们东游的方向

说远，都在千年以前
说近，近在咫尺
那些古人的足迹
是荒草丛里翻出的古道
在今天，成为通往唐朝的向往

琥 珀

琥珀,原名马亚振,浙江绍兴上虞人,浙江省作协会员。著有个人散文集《黑色维纳斯》《人间烟火》《在贵州》,长篇纪实文学《沙地记忆》等,在省内外报刊发表散文、诗歌、报告文学等多篇。

在乌泥岗看星星（外二首）

来到乌泥岗

错过了十五的月亮

满天繁星闪烁

银河低低,横过山岗

站在乌泥岗

记起了看星星的那些晚上

泼一桶井水在场院

搭一张竹编的凉床

天幕拉开镶了宝石的帷帐

夜虫唱起恋爱的歌

祖母的故事开讲了

有织女,还有挑担的牛郎

沉醉在乌泥岗的星空下
稠密的星星令人迷茫
我已经叫不出它们的名字
甚至都忘了看星星的时光

在乌泥岗上看星星
星空下的山峦处子般的静
主人的轻呼如风飘过——
夜已凉,茶正香

南洲,故事里的村庄

先有南洲,后有新昌
这是一个故事里的村庄
流经村中的溪江
就如一位行吟的诗人
唱着一千八百年的故事
从历史走向未来

每一块黄泥的墙砖
砌进祖先的筚路蓝缕

每一座古老的宅院

烙下婴儿的呱呱啼哭

丁大宗祠里的绣像

排列着一个家族繁衍生息的针脚

翼德堂上的牌匾

回响着耕读传家的牧歌

站在溪边的老水柳

慰抚了那一缕淡淡的乡愁

九曲巷弄深处

藏着一口古老的井

井中倒映一轮宋时的月

石井栏凹陷不平

磨砺它的不是井绳

而是护卫家院的刀剑

女人挽起冰凉的井水

为男人洗去满身血污

再饮一瓢宋井的水呵

浑身充满了力量

村犬不吠远来客

老妇桥头闲唠嗑

故事里的村庄宁静安详

它已习惯了将岁月举起又放下

时光不会老去

南洲村的故事绵延悠长

站在老榧树下

在谷来，一处叫吕岙的山坡

长着一片香榧林

三百多棵千年老树

在风中吟唱无韵的离骚

站在那棵最老的榧树前

忽然觉得，我只是天地间一芥蜉蝣

一千三百年前

有一双粗糙的手种下这棵榧树

那一天，十五岁的白衣少年

仗剑出了川，寻找一个关于天姥的梦

当大唐诗人的足迹踏遍剡溪两岸

香榧树刚开始谋划开花结果

仰天大笑出门去

归来依旧是白衣

不慕他醉卧沙场

不羡他种菊南山

老榁树总是站在坡上

年年顾自己开花，然后结果

又过五百年，香榁树依然枝繁叶茂

温一壶老酒，送纶巾书生入剑阁

唱铁马秋风大散关

空许塞上长城愿

冯唐已老，舜江水碧

坡前的榁树硕果挂满枝

对萧萧白发，最是故乡情

一千三百年呵

老榁树换了几回人间

是谁从它的枝上采下果实

是谁砍去了它逸出的枝丫

起风了，下雨了

春去了，夏来了

山河的装束随季节轮换

老榁树看得都痴了

居然忘记，在冬天里落下叶子

金晓明

金晓明,笔名美丽的奇迹,生于 1969 年,浙江嵊州人,现居绍兴兰亭镇。绍兴市作协会员、绍兴市网络作协理事。诗文作品散见于《品位·浙江诗人》《鉴湖》《磐安文艺》《千岛湖》等报刊。

登刻石山记（外三首）

刻石山用一路的陡峭,迎接我的到来
我用粗重的喘息声,回答你的盛情相邀
踏在你身上的脚步很轻很轻
怕重了,会惊扰一路静卧的风景
陌生的青苔不时告诫我,攀登的曲折与艰难
倒下的竹干与刚刚褪去锦衣的新枝
述说着死亡和新生的含义,如果可以
我愿意拾掇散落在此的所有悲欢入怀

山上有秦时的明月,有李斯的碑文石刻
登临峰顶才发现
一半已跌落山崖,一半已化为尘土
耳畔唯有风声飞扬

我后悔来得太晚,没有赶上秦朝的辉煌

我更庆幸,逃离了后来的战火与死亡

一千多年后,我来了

领略了一段隔世的美好

这静谧之地,还是被无意惊扰

神仙姐姐曳地罗裙舞在漫道,在鹅嘴岩,在棋盘石

搅动我一路思绪,向上攀登

于山顶,崖的尽处,不安的心才渐渐平息

如果有笔墨,我也会学李斯的模样

在任何一块石头之上,写下一篇感怀的诗章

不写秦的明月,不写唐的风华

几笔五月欢笑,几画绿树红妆

待时光过隙,繁花落尽

这里定是另一番诱人景象

过云门古寺

走近你高高的院墙,祈跪在你矮矮的禅房

我蜷缩成低低的模样,心门敞开

把所有忧虑放下,虔诚地三叩首

不为祈求什么,愿氤氲于此的气息熏陶我

把掩藏深处的罪，像揪臭虫般

一一掏出来，伏在佛前

于梵音袅袅中，化为一缕青烟

这里的每一片瓦，每一棵树

留存着当年的模样，唯独我穿越千年而来

循着长满记忆的青石板

将唐朝那个平凡午后甄读

辩才被骗，匆匆出门

萧翼取走《兰亭集序》真迹

我明白，那是个谜

就让李世民去背负这份罪责吧

或许，正因为帝王的那份痴情

才成就了当今书坛不可逾越的巅峰

云门寺它真的不大，声名却在云门之外

当年王献之一个恍若虚幻的梦

让他甘愿变宅为寺，苦修余生

如今洗砚池尚在，却流水清清

堆积成冢的笔杆，早已腐朽为泥

百亩高台，芸芸众僧

只浓缩成一方包罗万千的院墙

于秦望山麓，续说着远古不老的神话

沼福桥头

跋涉到此,我们下马落轿

于一块至尊的石碑前,将山水诗的灵魂召唤

于五百年的樟树下,倾听谢公悠然的吟唱

如仙人洞潺潺而来的泉水,清洌绵长

沼福桥头,谢公的题字还在

山与水的约定,荡漾在竹林深处

在溪间戏嬉的鸭群中,真实地呈现着

而我们只是一些过客

来时风尘仆仆,去时满目感伤

沼福桥头,一直诗意盎然

寻诗而来的人们,在这里汇聚

用蘸满真情的笔,开始梦想花开

用青春的色调,妆点已经荒芜的诗行

在覆卮山顶

高高在上的覆卮山,神灵一样

吸引着我们，仰首、膜拜

一群饥肠辘辘的行者

循着一道又一道的弯儿

循着"哗哗"流淌的山泉

一路向前，寻思着将诗精美的韵脚

加注在某处未经凿造的山间

当我们彻底征服内心的怯懦

从覆卮山顶，绝尘而下

一如征服了昨天，征服了整片天地

每一行写过的诗句

呼啸着滑过耳畔，落在青草之间

那些曾经灰暗的字句，闪耀着慑人的光辉

就让它们魂归于此，在最接近缪斯的山巅

与秋虫一起歌唱

恰是相聚之后，声声渐行渐远的孤寂

金雪泉

金雪泉,生于 1970 年 2 月,绍兴柯桥人。绍兴市作协会员,业余从事散文、小说、游记、诗歌、报告文学等写作,作品散见于省内外公开报刊,并多次获奖。

美哉鉴湖(外一首)

春夏秋冬,大山始终含情脉脉

积蓄了四季的山泉汩汩涌出

汇成鉴湖第一源

浸润了山涧丛生的青苔藻

冲洗了裸露溪谷的鹅卵石

永不停息的源头水

一路向北,将潺潺水声演绎

奏响"叮咚叮咚"的山水乐章

涓涓细流勾勒出

泼墨远山,古树沟壑

鲜活的印迹,留下岁月青葱

鉴湖始终敞开胸怀

承接四面汇集的山溪清流

岁月沉淀,始得鉴湖百里烟波浩渺

绿水如歌,垂柳湖堤,卧波拱桥

云蒸霞蔚,山水交融,碧波连天

如今的鉴湖

虽少了些许饮酒赋诗的风雅人士

少了些许唐诗宋词般的文人墨客

纤道悠悠,犹如镜中游曳

常年流淌着一股湿漉漉的诗意

不到鉴湖,怎知清泉石上流

来到鉴湖,方知江南第一湖

走过枫桥

我的目光,落在了白墙黛瓦上

这里错落有致古朴素雅

这里有一条黑白相间的粗线条

远山、旷野、溪河、老桥、古树

勾勒成一幅江南民居水墨画

忽远忽近,徐徐展开

豁然开朗,意境悠远

我的双脚,落在了青石板路上

轻叩岁月时光,依稀间时空穿越

听到了王冕归来隐居九里山的匆匆步履

看到了铁崖放浪山水间饮酒赋诗挥毫弄墨

见着了老莲醉心版画,造型怪诞脱俗飘逸

这里,曾经书香门第书声琅琅

这里,曾经诗风词韵文风鼎盛

走过枫桥,我的思绪随之放飞

耳边似有风从远方吹来

夹着秦始皇南巡时的马蹄声

裹着李斯凿刻碑记的铮铮声

荡着朱熹深宅老巷的讲学声

来自心底和大自然的声音

自觉又不自觉地交响在一起

如梦幻般,触摸了一路的千年文脉

恰如枫溪江之水,潺潺而去

刘汉杰

刘汉杰,生于 1963 年,祖籍苏州市。中国诗歌学会会员、浙江省作协会员、绍兴市作协诗创委副主任。20 世纪 80 年代开始发表诗歌,诗作先后在《诗刊》《诗选刊》《诗江南》《诗歌月刊》《浙江日报》等报刊发表,已出版《刘汉杰诗选》《远方的梦》《自由岛》《寻找灯塔》四部诗集。

游上虞东山（外二首）

隐退
到东山之麓
一座富有政治智慧的山峦

谢安
把东晋政局运筹于东山
从曹娥江滚滚波涛中汲取智慧

淝水之战谋略
靖国安邦
大败强敌重振东晋

诗路新韵

拜谒东山

古樟,翠意盎然

摇曳着"东山再起"韬晦光芒

访英台故里

1

上虞丰惠的祝家庄

天空飞着一双东晋情蝶

有时化为花儿并蒂

有时寄身湖畔鸳鸯

爱情的云烟

氤氲着梁山伯与祝英台

缠绵千古的眷恋神奇

2

钱塘书院

英台女扮男装

三载同窗儿女情长

十八里相送

爱情闭幕的仙境

家中九妹成为悲剧谜底

3

仗太守权势

权贵之子强行聘婚

这把杀人无血的利剑

扼杀了一场千古良缘

痴情的梁祝

化作了比翼双蝶

日夜盘旋在爱情上空

那缕依依相随的青烟

是彼此践诺爱心的永恒缠绵

清晨的沃洲湖

挽一绺披肩秀发

淡淡清香

一袭白纱轻扬

疑是梦乡

相遇仙界姑娘

这般清丽脱俗模样

玉的隐含
只这似嗔还喜的微笑
教我一生怀想

流星河

流星河,本名刘岳祥,70后,浙江上虞人,机关人员。绍兴市作协会员,作品发表于《黄河诗报》《浙江诗人》《上虞日报》等报刊。

梅峰寺(外一首)

山是一首诗,寺是一座山
攀登梅峰寺需要将身心放低
低到山林的根部,低到石阶的缝隙
昙花攀援在秋光的阴翳里
雁儿比翼在清岚的裙袂边
在语言的节律里穿过灵杰亭拾级向上

请允许在跨入寺门之前
容我在"小方岩"小憩片刻
抖下尘世的俗念与一路的疲惫
梵音缭绕忽如清风徐来、梅花绽开
凡心飞至大雄宝殿飞檐之上
菩提凝神、僧徒诵经、法轮常转
愿求得一签——五洲感应

超度众生一切的苦厄

无须梅花笑靥迎送

不虚我卑微灵魂虔诚山行

合义桥

以什么描绘你呢

小桥、流水又见人家

倩影、霓裳又遇凉亭

笑容闪现在镁光里

秋阳金灿、明波和朗

悠悠岁月是一座桥

两头弯弯。架在流光掠影、路回水转之间

合义桥

把徐山的前世今生写进梦里水乡

托起绮丽的诗情画意

一只左手姓何,一只右手姓罗

写尽一方水土的前世今生

娄国耀

娄国耀,浙江新昌人。早年习诗,几近痴狂,偶有诗作见诸报刊。1985 年毕业于浙江师范大学中文系,曾任校刊《黄金时代》主编。尔后搁笔,一晃二十余载。近年娱情于山水,拾笔以诗记之,并自创诗歌与手机摄影个人公众号。

大佛寺散章(外五首)

1

每天,我沿着你的路途,试图走近你
在每一个路口,倾听你流淌着的佛音

2

从佛前走过,每一朵虔诚的云,以及每
一滴圣洁的水,都会带我抵达某个地方

3

这么多年,此生或者来世,那些佛心
那些慈念,会常常在你的岸上走过

4

你千万,千万别让点燃的香烛被风吹灭

否则,我怎能知晓,我涅槃归来的路径

5

葳蕤新昌,气象万千,只因大佛加持护佑

香火的气息随风飘远,氤氲的新昌,夜色阑珊

6

白云湖边,我散漫行吟,只留下秋色有痕

放生池上,你端坐水岸,唱一曲慈悲为怀

7

而且,大佛寺的山门敞开着,弥勒佛微启慈目

冬夜雨歇,你却早已在黎明的街头开始诵经

8

晨钟暮鼓之间,你已徐徐展开那本发黄的经卷

但你内心的修行,必须穿过俗世里的七情六欲

9

趁暮色还未到来,我们还是回到久违的尘世

淡定,从容,任烟火飘然落地,互生也互灭

10

你透彻的目光一再凝视,比今晚的夜色更深
然后,让佛殿檐下的风铃,在山谷突然摇响

11

短暂的人生,如开花到落果必须早些学会接受
四季一次一次交替,如大地见证一次次的轮回

12

从大佛禅寺山门出来,善男信女都将被祈福簇拥
从空旷走向空旷,而我们仍将在寒风中穿梭人世

兴善寺

热烈的风吹动午后,阳光温煦
深冬了,晃动的金黄穿过树叶落在墙面
这柔和的苍茫,慢慢渗入斑驳的岁月

王羲之曾来此长驻,当然不是没有来由
澄潭江汩汩流淌,终将收留远逝的背影
隔河相望的十九峰,日复一日收起最后的霞光

此际不谈风月,身体里的秋风避开尘世

寂静开始拥抱寂静,一粒种子从此充满悲悯

任性和不羁回归原形,刀枪开始安然入库

支遁也是,一度在草木的内心放鹤讲经

穿过雨水去寻找湿润的落日和山涧的明月

香灰明灭,搁于此地的春天已静静安睡

那么多年,辽阔走过,卑微走过

临水的影子要不要走开,我不语

白云落下来,花瓣是否成雨,我不说

横渡桥村

现在,我缓步于这石子铺垫的桥面

仿佛是踩在皇渡桥村的脊背上,厚重而质朴

这是一月的深冬,临近中午,炊烟袅袅

从儒岙镇或天台方向,一零四国道飘忽而来

那搂人入怀的姿势,总是有一些优雅和美感

这时,或留恋或痴迷,我是断然不会一把推开

万年江穿过群山,至今还流淌着浮云与红尘

一会儿万马奔腾,一会儿也拖泥带水

仿佛这里不是人间,仿佛这儿又是人间的天堂

远山是慢慢醒来的,似乎记得这曾是报国乡的旧址

只是忘了什么时候开始,又在什么时候消失

一个故事结尾了,另一个篇章依然还将人来人往

不能再写它了,这山,这水,这桥,这村

写这桥,我是怕写着写着,把自己也写旧了

写这村,我是怕写着写着,把自己也写老了

南山村

站了很久,等一匹白马在村口响起铃铛

可以想象,放马南山,是你翻过一座山

让我所拥有的情怀,落入尘世

山之南,南之山,你是浓缩的部分

一度点亮我为村庄,举起的火把

就是最深的夜,我也知道你的去向

一条深巷,是一段隐隐约约的河流
我无法证实你是否断流
有些浪花,还是会在虚实之间激溅

请你不要问,我是在何时念叨你
风从午夜开始吹
而夕阳又把我的影子,不断拉长

你的故事很长,长得我不敢
跨过你的门槛,但你给我种的蛊
又让我不想回头

失眠是醒着的梦,而且你是诱惑的
所以我必须要走得慢一些
和你紧握,这突如其来的时光

多久了,我定是要走进你的
和你聊聊,那些脆弱的乡愁
那些每天都在演绎的,人世辽阔

茅洋村

过了黄坛大桥,我就瞧见你
懒洋洋地欠欠身,你一直这样
这么宽阔的公路给你
你也把它放在一边
有时候当腰带
勒紧你日渐臃肿的腰身
如果你不怕失语,也甘愿深陷
那么,我也不会在乎
你是否还有自由自在的生活

离沃洲湖不远,也和黄坛比邻
你们各自升着暮晚的炊烟
那些人间情事,各有版本
有兴趣的或没有情趣的
我都不发任何疑问
只想在靠村的山坡上
看今年桃花飘零的过程

不过,我还是在你的身边

停留片刻，等一首诗发芽吐蕊

观察梨花的恋爱，狗尾花的妖娆

它们的梦，也想开在你的嘴唇上

有一个橙色的下午，是它们的

不仅仅唯有卑微

南洲村

北面来的风，吹过前面的那个坳口

就慢下来，你也慢慢地行走

一晃就是千年，我确信

你的时光已经陈旧斑驳

午后，允许我怀想，菩提峰下

你曾经婀娜多姿的样子

也允许我，在大黄狗前怯步

我的背影已和我，迷失于你的深巷

还好，你的古井还在，你的流水依旧

不新不旧的建筑，多么容易抹去

你曾打磨出来的沧桑，风吹过小巷

你的脸色怎么也和我一样，变得凝重

午后的光线,总是如此漫不经心
这样也好,你让红枫漫山遍野
让村庄人来人往,我以为这样的日子
你会活得很久,也很健朗

罗洪良

罗洪良,笔名昙花、悲伤的昙花,生于 1974 年,上虞崧厦人,浙江省作协会员、上虞区作协副主席、上虞区诗词楹联学会副会长、绍兴越青堂文化传播有限公司总经理。主创现代诗歌,兼写小说散文,在《诗刊》《诗潮》《浙江作家》《野草》等刊物发表作品500 余篇,出版有诗集《十一月的词场》,曾获得第 25 届中国鲁藜诗歌奖、绍兴原创文学奖、谢晋文化奖。

在兰亭,等一场雪(外七首)

如果,一定有那么一次际遇
请让雪覆盖我的兰亭
我有虚拟的纸张,洁白的等待
我青瓷的山庄,炉火已生了起来

如果,你一定比小草更早到达春天
请你坐下来
茶盏如玉,世事如水
我们不谈寒冷
仿佛经历了寒冷,已不惧怕寒冷

我们也不谈寂静

因为此刻的寂静，内心安宁

我们，至少我

莫名地欢喜这天堂坠下的文字

只是风和流水改编了剧本

雪的橡皮可以抹去一个芳香的名字

但我，只有在兰亭

才可以忆起那些走失的词语

并用白发的笔尖

写下曾经的年轻

禁山访瓷

去禁山

去寻取高古的秘密

去木中求火，土中求水

去茂密的灌木中求取铁

这些秘密，在

溪山和诗书间隐藏

不生不灭，无穷无尽

在五行大道中涅槃

无声无香,不垢不净

只有清明的雨水仍在清洗

这些尘封的秘密

还有九秋的高阳,仍在加持

日渐冷却的温度

而我,去禁山

随身只带了

一把敬畏的火

水墨金庭

三月,天气微凉

蔷薇科的花们相约着开了

开成了行书、草书

在金庭

水墨的山水,花团锦簇

我用一千六百年的时间才赶上这场盛会

足以慰藉

当初兰亭的失约

一支白头的笔
等来了一个白头的人
我坐在书墨花香里
看到高高的墙头上
一棵桃花,开得正旺

将进酒,在小将

来来来,暮色作陪
要多少白酒
才可以填满诗歌的河山

青鸥白鹭,佛经玄学
王谢们离开了一千五百年
今天,这里是我们的江山
来来来,举起酒杯
我白头的诗友,我青衣的妹妹

只有多喝点酒
我们才可以嘹亮地交谈

命运、天涯、界线

只有多喝点酒

灯火才会暗下去

星星才能亮起来

来,举起杯

今夜是个机会

请允许我袒露忧伤,袒露爱

夜色和大地如此辽阔

对　话

——在儒岙古驿道上,与袁方勇说

"嗯,是的,只是皮鞋代替了草履"

"还有花朵的政府,流水的法律"

"但是诗歌没有变节"

"是的,在她找到投靠者之前,是的"

"必须对这些小花表示赞美"

"还需要准备足够的敬畏"

"包括这条古驿道"

"包括,它有你不曾抵达的春天"

"嗯,是的,它直达唐朝"

"腰上挂剑的唐朝"

"自唐以后,世风柔软"

"一根腰带足够囚禁所有的呐喊"

"那么,我们是要松开腰带,还是收集呐喊"

"呵呵"

"只听山风吹过松林"

"只听山风吹过松林!"

天姥蓝

仿佛我的江南只剩这点蓝

长空蓝、杜鹃蓝、布衣蓝

仿佛唐诗里渗出的色彩

最后被天姥收纳

绿如蓝

我的蓝,是记忆中的助词

这种偏见,使我无法直视这片纯净

在最浅最浅的四月里

我试着用侧光去读一尾鱼的眼神

我深信那是千百年前路过天姥的诗人

留下的观照

消瘦、忧郁、惆怅

而显然,这只是我阴暗的臆想

在大片大片的明媚里

我心底里浮起两个字

新昌的新,儒岙的儒

沙溪记事

1

是一场春雨谋害了行程

我所到达的只能追溯到明清

这无疑是一个托词

就像一种美挤占了一种矫情

一条山上的河流

以前不曾,今后也不会

迎来一只泊锚的航船

正如一座咸丰的桥

寄养着民国的藤和现代的人

杜鹃花上滴落的水

决心找到生活的出路

依依不舍，绕村一周

义无反顾奔向山外

只有砾石锚在园地

在春雨里，泪水汪汪地

迎来一群写诗的人

2

我承认，一个虚空的村庄

更接近一座现代的城

上了年纪的末代村姑

靠记忆温暖浑黄的光阴

只有燕子年年来归

多病的村庄，消耗殆尽的家园

角落上凌乱的盆罐

种植着新鲜的草药

我承认，我是一个轻浮的过客

沙溪从此有了我的案底

我还来不及展开自我辩护

便被众多的赞美宣判了死刑

3

但我不知道

坐着的或者行走着的

都仅仅是一场即将谢幕的电影

这次遇到的是春雨，是古村

是一些不需要上课的鸭子

而我，或者说村庄

寻求的只是一张

可以医治自己的药方

致英台

妹妹，我拖了一千五百年才赶来

怀揣赞美、爱恋这些美好的词汇

妹妹，我是四处碰壁的情种

口袋里剩着明天买菜的钱

妹妹，请原谅我不是你敦厚的梁兄

却有着和你一样暧昧不清的身份

妹妹,登上你的楼台之前
那曲二胡总是入侵我孤单的睡眠

妹妹,我活在用数字说话的年代
她们说光有爱是不够的

妹妹,说起爱情,说起你
我青瓷的耳朵早已泪流满面

骆艳英

骆艳英,浙江省作协会员、微信公众号"文艺"专栏作者。20 世纪 90 年代初期开始诗歌创作,停笔 20 余年后,与诗歌重逢。有少量作品发表于国内文学杂志,出版有个人诗集《鹿鸣呦呦》,诗歌合集《越界与临在》。

那不可复制的李花与鹅(外四首)

1

抹去挖掘机的一路轰鸣

蜿蜒的乡村公路,让我们确信

冬天已拖着臃肿的身子

疲惫地离开了河岸

没有人可以停止春风

吹开石鼓寺两旁黑黝黝的山坡

一辆淡蓝颜色大巴

慢吞吞地把我们送到灵鹅

李花却等不及我们的到来

早早地覆满了山谷

她们无所顾忌地开放

仿佛要染白一颗星球

四年级小学生张凯奇

穿着一件与大巴同样颜色的手工线衣

相对于正午格外热烈的阳光

他显得有些沉默寡言

在他的世界里

李花虽然触手可及

但这种古老的白显然与他无关

他情愿在停车场

隔着窗玻璃

观察一个扎着辫子的小女孩

如何爬上一棵开花的李树

2

从此，帝王命名的金庭观

一次次在江南烟雨中

在墨水的吟咏声里反复醒来

向南，海棠压痛园林

往北，东晋的明月

依旧将羲之墓道洗得夜夜发白

而现在，是白天

春日的阳光无边无际

一头归隐的鹅

承担着所有疑问

将我们困在一篇碑记前面

在它潦草的笔触周围

春风再一次穿过我们的身体

3

……祠堂挨着祠堂

台门连着台门

溪水拖着溪水……

一千七百年以后

东晋的隐居地迷宫一样

拷问着一拨又一拨游客

请你在画堂住下来

画天空，画飞鸟，画草木星辰……

请你天天走着小木桥

像大白鹅一样走

像蓝孔雀一样走……

直至走完三千二百米鹅卵石街巷

你会觉得，这更像是一次精神探险

弯曲，起伏，清澈……

足以概括你的一生

印象,大佛寺

请允许以诗歌的形式来探寻你

是一种怎样的力量

让你在无边无际的神秘中

如一株莲花突然在池塘惊醒

难道仅仅是一尊以黄金包装的塑像

怀抱一颗岩石的心脏

在青山碧崖下

默想未知的泉水

当来自天姥山上的风

裹挟着千年梅香

一夜之间抵达你的殿堂

仿佛看到公元三四五年的东晋

高僧昙光,告别故乡昆山

归隐石城,并且

按照他的美学观念建造了隐岳寺

仿佛看到此后百余年

昙光弟子僧护、僧淑、僧佑

从魏晋时代

一群衣袂飘扬的知识分子中走出

为了坚守弱小的香火

投身巨大的黑暗

历时三十年,壁刻弥勒

终于成就了这旷代宝像

无数张尘世中变迁的脸

在你膝下缓缓流淌

你安静地阅读

依然承担着星光的悲痛

当我再一次靠近你,接触到你的脚趾

发现虚无的内心

已被晚祷的钟鸣瞬间填满

天姥山,白鹿

以她的快

跳出黑夜

如同一枚音符

单独跳出丛林交响

"且放白鹿青崖间"

喝酒的人

如今改喝月光

每周七次,每次七壶

然后,眩晕,做梦

模仿一匹柔弱的白鹿

跳独孤舞步

她细细的腿

拍打每一条河流

仿佛一道光

划过黑的夜

从梦境取出诗歌

从梦境领走那个喝酒的人

她的一闪而过

让我相信

这片土地上

有无数灯盏已免于熄灭

覆卮山,谢灵运倾覆的酒杯

要我说

这石头筑起的天空

更像一只酒杯

倒扣在时间之外

那是谁的手,挖开它的胸腔
滑草场虚无的轮子底下
求救的玫瑰与虫鸣

西风刮倒的樱花树
东风不再将它扶起
冬天的诗学,同样
无法完成对春天的修饰

而,旋转的酒杯
早已空无一物
没有从来,因此
也难有尽头

乌牛岗,丹峰一叶芽

越来越接近,也
越来越甘洌
它升腾,回旋,沉淀
然后,把时光

停留在你的舌尖

就在这里，我们一起到达
就在这里，家园再一次重建

一管洞箫
唤醒乌牛的耳朵
像一把钥匙
开启茶园所有的秘密
一头乌牛，此时
在盛满月光的杯底

吕来燕

吕来燕,网名雁儿在林梢,浙江新昌人,绍兴市作协会员。曾荣获第四届"菏泽都林杯"诗歌散文大奖赛诗歌优秀奖。

四月的天姥山（外二首）

仿佛前世遗下的梦,今生今世和天姥山相对

慕名者一呼唤,我就激情地直奔天姥山

在暗夜如斯的晚上,在天庭起舞

当三月的春风吹起,我的心跳无法掩盖

我穿起了木屐,从下到上

谢公开辟的山道,比千年前

延伸了好几丈,欲倒东南倾了

四月的今天,一袭粉色的衣袂飘飘

是我的装束,和一群仰慕而来的诗人,如约而至

四月的映山红,和唐朝的诗句一起绽放

红得不敢靠近,怕抖落了它穷其一生的孤傲

就躲进静谧的柳杉林

静坐,移步

翘首,回眸
听风穿过树梢的声音
愿低到尘埃里,愿是一只千年灵狐
依偎在天姥娘娘的怀抱里

黑风岭

也许出现过嫉恶如仇的黑风婆
霸气的眼神驾驭着浪人的痞气

黑风岭三个字,肃骨惊悚
戳击内心的惶恐,就像演绎一场江湖恩怨
而我即将,在彷徨中撕裂挣扎

黑风岭的路廊里,更狂的风声呼啸而过
吹皱了唐诗的孤独,有李白的,有白居易的
吹过了穿梭的身影,策马扬鞭的、进京赶考的
都从普济桥的方向缓缓驶来

赶在天黑之前杀出黑风岭,让心彻底放下来
在彼苍庙的暮鼓里,重生
从此,这里岁月静好
世道安稳

龙潭坑的菖蒲

龙潭坑的菖蒲，你是脱下霓裳的水仙

你是清姿水石涧的细腰闺秀

你足不出户，连邻座的酸菜梗都没打招呼

光阴深处古老的"庄山村"

用柔软的沙泥穿越沧桑

近乎神秘地赐予，你扎根幽涧的柔美

让我蹲下身子，和你静静对视

不奢望交谈

仿佛等我经年，仿佛我此来正好

看你在永不枯竭的瀑布下酣畅，习舞水袖

我尘世的孤独，终于可以不紧不疼

在荒寒之外，抚慰浮世

马苏亚

马苏亚,笔名苏亚,生于 20 世纪 70 年代,浙江嵊州人,中国民间文艺家协会会员、绍兴市作协会员,创作诗歌、散文、故事等。有诗歌发表于《诗潮》《中国青年诗选》《浙江诗人》《钱塘江文化》《鉴湖》等,有故事发表于《故事会》《中国故事》等。

登覆卮山(外三首)

深秋的风,把我吹进城市的肺
呼吸云朵的静、蓝天的纯
还有一道温暖的光,柔柔地流进心里
不由地轻轻摇晃,如一个正陶醉的女人
空灵又飘浮
无处着落却又无处不在

我踩在脚下的,不仅是一座山顶
也是思想自由释放的大山
极目远眺,连绵起伏的群山
还有变幻中,这座世俗更远更高的山
淡然洞察另一个世界

非同寻常的出口

在覆卮山顶俯瞰,错落的村庄、茶园、山林

处处是宁静、幽深、苍翠

让我这个城里人,缤纷了身心

投怀送抱有了别样的依靠

视觉更百般迷惑

已无力再眺望更远的山

眺望胸口,那座山外山的浮躁

安顶山

我是一只笼中的鸟

放飞海拔八三四米的高峰

给一个绝对的自由

与放肆

迸发所有的激情

火辣辣地撩拨,三州风光

不可收拾

一缕"世纪之光",勃发

一种生动的力量

照亮一脚山里

一脚山外的心跳

云朵，与群山一线

睡在我的额头

天空，与"天池"一色

干净得，一丝不挂

全揽在我的怀里

有了诗一样纯净的独白

身在此山，有时成了巨人

呐喊"一脚踏三州"的豪情

有时，如一位修道的圣人

拾起一处安宁的时光

席地而坐，与山水酌饮一杯

无关世俗的尘埃

无关冷暖

天烛湖

我逃过犀利的眼神

像个贪玩的孩童，又像热恋的少女

绕过村庄山野，摇醒天姥山的沉默

和云,和丽日,与一湖玄幻

鱼儿,从时间的身体里穿过

两柱椭圆形的山石,像蜡烛在湖心里燃烧

远山丛林的宁静,被风儿层层怀抱

所有荡开的余韵

像春天里的一朵花,似有

众里寻她千百度

一场幸福俘虏的蠢蠢欲动

一座荒芜的城池

突然闪亮了

走进巧英

我离开了一座城的忧伤

走进巧英的风情和宁静

在竹乡人家独居,想你

把黑夜的回忆分割成无数段

痛得醒来

在窗口,眺望远处的湖水

一程又一程

离波心最近的地方

隐约有你决绝的低语声

从湖底缓缓下沉

你的目光,像流星一样划过湖面

涌起细小的波涛,惊鸿了水草的欢畅

扑翅的白鸽低低的鸣叫声

一次次拷打我的疤痕

捂着一湖揭开的伤口

永远沉默,不说疼

马小增

马小增,生于 1966 年,浙江嵊州人。2001 年与诗友创办长乐剡西诗社。2003 年起,有诗作分别散见于《黄河诗报》《绍兴诗刊》等诗刊。现任《剡西》诗刊主编。

古驿道（外七首）

如果这是一种归宿
那么我想把这里据为己有的闪念
是真实的

前面的卵石折射着逆光
这是些无法踏碎的光亮
与留存的坚硬和厚实在一起

伸向远方的一端我看不到
一颗体态轻盈的露珠告诉我
在这里,我已无法离开
我的双脚已经与一些脚印重叠

没有人为我准备什么

这又让我多了选择

每向前一步

都是沿着春天的叶脉

默默前行，直达

泥土……

小昆深秋的一场雨

今天的雨，我似乎等了好久

真落下了

又觉得这是一场自然的雨

应该来的雨

因为是深秋

这落进窗口的雨声

夹进了一丝寒意

我的等待没有多少理由

有时候想的是去雨中

看雨滴落在树叶上的情景

或者是去田边看雨落在水潭上

一次又一次泛起的涟漪

其实,这样的等待没有多少意义

这个秋天,雨也下了好几次

往往是在我醒悟的时候

与雨失之交臂,停了

今天的雨,成了我等待中的雨

我等了好长时间,在清晨

真落下了

从小到大落进了窗口

还有一份宁静

那是在,雨滴之外

老宅的深度

在老宅,我还是放缓了脚步

甚至屏住呼吸地

迈过一根一根门槛

老宅,已经变得越来越简单

案几木质的气味

台阶凝滞的光滑

包括窗内的安详，窗外的从容

一起被时光浸渍浸透了

老宅也不再上锁

在老宅我们可以多走一步路

可以多说一句话

可以像门旁一个呆立的木门闩

一样沉默

我的到来或者我的离开

打不开老宅的安静

仿佛那滴轻轻落下的雨

可以马上被人忽视，遗忘

而这一切都没有答案

就像谁也不知道老宅有还是没有深度

也许老宅从来就没有什么深度

或者从来就不需要深度

夜访云门

晚稻在夜间走动，寺前村口

一簇身影，下马伫立

卸去生活的枝叶

梵音袅袅升腾，再落入山谷

五云桥上，尘埃簌簌

陆放翁当年在此泛舟而行

若耶溪里，寻不见李太白的回眸

一行行诗词从丽句亭里走来

胜景早已不现。沿着时光的罅隙

从山谷里捞出一截截历史

那么多名士，字号一一罗列

而我，在此只有缄默

前朝远去，当年的显赫不见其影

历史，像一把刀、一支笔

在撰写者的手中刻录一段

就必先拆解一段

洗砚池上，黑墨一般的水里

王献之背身而过。辩才与萧翼把盏夜谈

那场官司至今尚未了断

那时，悬于梁上的兰亭真迹还未示人

鉴　湖

像一把碎银,随手一撒
在越州,便落成了一面妆镜
这蜿蜒八百里的湖面,没有镶边
所有的镜像泛起,天地间
光可鉴人。在烟波浩渺中闪了出来

我开始沿着这条河流
在镜水无风的日子里,追溯
打开历史的波痕,在纸面长歌
从来来去去的身影中
走进永和五年

会稽太守马臻刚刚赴任
便和越人一起,上蓄洪水,下拒咸潮
在山会平原泄湖溉田,利济苍生
"太守大人,我从你的故乡而来"
"那就先从一名挑夫做起吧……"

我吟着李杜的诗句

一路走走停停

一滴水在清澄中，还原为最初

舟楫棹歌，水鸟飞临

抖落一片水晕，引来三五声越音

在湖水盈盈中，乌篷起橹

如镜的水面，粼光照夕

面颊胜花的浣纱女，堤岸捶衣

我立于船头，鉴湖两畔，万物倒退

被炊烟拉扯的人家生生不息

一路向西，快阁村的湖堤之畔

陆放翁在此饮酒赋诗，面山临水

等候友人，我侧身而立

看着他们拱手落座，鉴水酿制为酒

映出举杯相邀的身影，微醺不起

东白山，在一场雨中畅游

拾级而上，跌入视野的，除了青山

笔峰，还有脚下不息的清流

心绪灌满酒意，竹林扶着古道

松软的山涧,浸淫着一场六月的雨

后行者踩着前行者的脚步

一些已经叩开了前路

我开始找寻这座山的内容,水的细节

除了雾气弥漫,除了永不疲倦的泉眼

多踩几下李太白走过的脚印

如果有心,一定会捡拾几行遗下的断句

不知名的花草叫不出我们的名字

我们却读懂了它们的娇羞

一团岩浆奔腾而下,我要把

岩浆上"滴答"的细流写成泪眼

除了乱花飞溅,除了高空回落的呐喊

那些石缝为什么会生出这么多灵感

不知是哪个朝代结下的哀怨

走了一半的东白山,句子也写了一半

在听泉亭,啜一口甘冽

回望一眼远峰,一场黄昏的雨水

不紧不慢地打在来去的山路上

没有攀上顶峰,没有看到下一处的景

只好用相机把整座山麓装走

却留不住这飘散的人生

在画图山上画一张画

我想，在画图山上画一张画
从踏入小昆村起，拾级而上
林泉潺潺而下。梯云桥畔
上了一把年纪的栎树
摊开五指，直插蓝天、云朵
一个远道之人，停下脚步
试图截住乱石丛中的溪流

在画图山，沿着山道蜿蜒
我一脚跨到了八百年前
站在南宋的某一天
沿山势，勾勒这里最初的容颜
和升起的第一缕炊烟

此刻，我端起小昆村的云雾茶
在没有碰杯之前
用一支准备不足的画笔
开始勾勒，被剡水洗濯过的蓝天
梯田递升，林木重叠

屋顶的炊烟

一缕又一缕诉说着繁衍

这被金秋尽染过的画图山啊

请给我一点点时间

把你的绝地风光，揽入怀中

呼吸、聆听起伏的峰顶

然后再将这幅画图带走

盐帮古道

盐帮古道，每一只脚印

都沾着岁月遗下的盐屑

我赶了一百多里路程，抵达青宅

当年负荷的蹄印，踪影依稀可循

一队骡马，一把缰辔

扬起的马蹄踩过时光的阶步

一段民谣，一声吆喝

铃铛响彻在山路十八弯之外

昂起的一声长嘶，喟叹千年

终年的背影被山峦裹挟

燃起的篝火最懂他们的疾苦

古道的砾石，一阶阶像蜿蜒的刀峰

只有亲自踩过之后，才明白生计之苦

才知道肩头到底能承载多少

都说一把力气一把盐，当赶完白天的脚程

跨过第十九个弯，暮色已至

今晚，就在这个结局山村歇脚吧

先给骡马添草，再给自己加料

最好来上一碗酒，醉了也罢

于鼾声中，才能把力气一点点积攒

盐帮人心里明白，前方每跨过一步

身后的目光，就会多出一份热望

梦境中和女人一起，这也是最好的结局

那匹常年一起的骡马，打着响鼻

潘丽萍

潘丽萍,笔名青荷,浙江省作协会员、绍兴市作协散文创委会副主任、新昌县作协副主席。出版有散文集《女人有味》《许我一段光阴》《那一场繁华如锦的相遇》,诗集《花朵的内伤》等。曾在《绍兴晚报》上开设"听她说她""生活大爆炸"散文专栏。现供职于绍兴日报社。

诗路纪行(组诗)

儒岙简史

天姥山、万马渡、皇渡桥
含在嘴里的名字
一不小心就要喊出来

青绿的菖蒲,像我家的亲戚
随意蹲在路口
有一搭没一搭地讲着方言

说着说着,我仿佛望见

诗路新韵

穿长袍的诗人在古驿道上
踏歌而行

一定有谢灵运
木屐"笃笃"作响,深深浅浅
开创延绵绝色的山水诗

当然还有李白
醉酒狂笑,豪情千丈
一脚踢出天姥山的高度

像鱼一样游来游去的诗人
高一句低一句
吟出一条响亮的唐诗之路

用诗歌呼唤月亮
看溪水燃烧激情
一千年,如何吟断一根须

在儒岙,在这个诗路小镇
每一束目光
都会开出朵朵白云

即便有一万次相逢

依然让我爱得

惊心动魄

丁宅，陌上桑

这场雨，注定是一场预演

轰轰烈烈地来

五月的丁宅，便有翠绿的光芒浮起

我生锈的眼睛

被水嫩的桑叶猛然惊醒

越过历史的轻烟

我仿佛看到，一个叫罗敷的女子

施施然走来，遗世的美

挂在枝头

被迷恋，或是拒绝

说过了，又被一阵风吹散

吹散了，依然陌上桑青

罗敷一样的女子，一个接一个来

素手纤纤，不仅仅采桑养蚕

更要摘果养颜，把心情放牧在

碧绿的千亩桑林

此刻,我俯下身来
仔细阅读那些旧时的桑叶
与新鲜的紫红的桑葚一次次对话
雨静,雾开
这个浅夏,丁宅很盛大

玉水河

梦里想过了千百回,玉水河
一定像一条玉带
把祝家庄束成清秀苗条的模样

从玉水河走出去的祝英台
似水柔情。弯弯曲曲的倒影
有着别致的姿态和美好的未来

不是为了赶赴一场风的约会
而是在荒烟蔓草的长亭边
错许了诺言

注:玉水河在上虞丰
惠镇祝家庄村。

潮起潮落,玉水河一天天消瘦

对着一朵花诉说梁祝化蝶

琴声幽幽,暗淡了遥远的天际和风尘

梁兄啊,在落日被活活掩埋的年代

每一个黄昏都很伤悲

仿佛凄凉的小提琴在河边轻声哭泣

禁山遗址

注:禁山遗址在绍兴市上虞区上浦镇大善小坞村。

二零一三年的一场大雨

正描绘着一千多年前

通往灵魂的山坡

我随着时光的脚步一路向前

被惊动的神明不断地飞起,又落下

西汉,三国,东晋

越窑青瓷的队员们

相互挥手致意

它们晃着脑袋敞开衣裳

唱歌,跳舞,仿佛喝过酒

从雨后奔涌湍急的洪水中

非同寻常地集结

就像这个初冬,出其不意地燃烧着

一枝别样的映山红

回山是适合夜饮的

昨晚有一群诗人在啜饮

开始没打算把回山喝醉

只是想,那么多回山特色啊

不能把酒辜负了

茭白是嫩嫩的美人腿

豆腐干是老得有韵味的古琴

甚至大块大块的红烧肉

都有了明显的高山特质

随便一喝,把回山喝成了长江水

记得昨晚有风,风吹灭了灯盏

一些翅膀在月色里飞

小剂量的痛苦被午夜的酒精

醉倒在烟山人家的门口

大剂量的希望交付给

屋檐下探窗进来的星星

一切美得恰到好处

我想回山是适合夜饮的

连空气也那么好喝

华堂：九曲水圳

注：华堂村，在嵊州市
金庭镇。

古祠堂斑驳的墙角下

突然冒出一股清流

这着实令人惊喜，仿佛遇见

久未谋面却深藏心间的旧友

我认真端详那熟悉而清澈的面孔

随着时光的来路，踩响

"叮叮咚咚"的过往

其实我已找到源头了

那条六百年的九曲水圳

由一位石氏太婆捐建

从平溪江引来的水千转百回，泽被乡邻

从一条巷弄，到一个墙角

从地下跑出来，又从地上遁隐

经过剪裁的流水歇在门前屋后

淘米，洗菜，欢欣的笑语

为这个古老的华堂村

注入了生命的原色

水是这个村庄的肌理

潺潺而过，源远流长

因为水的缘故，我确信

古村是活的，血脉遍布地下

灵魂无处不在，甚至眼睛

那一双双清亮的眼睛

长在华堂的每一个角落

风一吹，勾魂夺魄

福全镜像

据说，福全之名

缘于状如倒覆之船的一座山

船在天上航行，云为水

山在水中停留，佑苍生

合义桥边，秋风捞起一个古老的传说

锦坞村里，外婆家的秘密被一只红菱说破

龙尾山村来不及存下一份记忆

屙石湖的栏埭有着欲说还休的美

来，与一位年逾九旬的老婆婆合个影

这个相片，能照见你的现在和我的未来

成熟的稻谷把秋天染成金黄

一群快乐的鱼跃上幸福的船

潘月祥

潘月祥,绍兴越城区人,越城区作协主席,已出版诗集《潘月祥诗词集》《一匹马的木桩》。

沿着诗路之韵(组诗)

鉴湖霞影

傍晚,鉴湖之上的霞光
有一股弥漫着的浓浓酒香
人们走在似乎摇晃的栈桥上
脸上泛起一层一层的红晕

湖面上微波荡漾
夏日的晚风更是撩人心扉
这里来的人越来越多了
品一品鉴湖水的云蒸霞蔚

呵,那些刚放下锄头的老农
抑或刚下班的工人

他们都喜欢到这里走走

走成了如此醉心的霞影

走在山阴道上

走在山阴道上

我与唐诗的脚步

一样矫健

和着李白杜甫的诗韵

沿着唐诗之路

不尽是古时候的记忆

古越大地

已经走向新时代

酒香或是墨香

带来的历史积淀

使城市和乡村

游在互联网的世界里

走在山阴道上

看到鱼跃水面的欢喜

听见百鸟争鸣的喧嚣

我的生活慢了下来

笃　溪

那里有苔藓和石阶

有旧时的故事

以及梦一般的景象

那里有翠竹和茂林

有潺潺流过的小溪

以及田亩上戴笠的老农

那里有黑瓦白墙

有悠远的鸟声

以及园子里的鸡飞狗跳

那里你还未所及

无限光阴

留待你的足迹

印象十九峰

云雾缭绕，一山岚气
想了很久的往事
被锁在叫十九峰的地方

我努力跋涉，登高
穿过所有的山峰
让一路的歌唱深入最密的林子

阳光从峰与峰之间漏下来
涧水发着白光
溪边的独屋飘来了饭香

时光已近傍晚
我的目光探进了房舍
原来这里是侠客居住的地方

我被射雕深深纠缠
放下所有，从此笑傲江湖

乔 轼

乔轼,本名王锦忠,浙江绍兴人,系浙江省作协会员、绍兴市作协副秘书长。作品见于《野草》《西湖》《文学港》《海燕》《泉州文学》《品位·浙江诗人》《野草·绍兴诗刊》《中国短诗精选》等,已出版诗集《岁月拓片》。

剡溪之晨(外六首)

暖阳之吻,褪去
步道昨夜的寒意

芦花是一枝插在水中的
句子,在晨风里吟诵
晋唐的风韵

三叶草挤在一起取暖
吐露低处的坚韧

朔风扯去了阔叶林的
外衣,在脚跟蜷缩起
私语下一季的繁华

千年流韵

轻轻叩响的履痕,印过
谢灵运的意兴阑珊

越瓯,氤氲大明山的
千峰尽翠
还是清淡了些

十八都江的秀色
飘散一路的酒香
踉跄起太白的醉意

铁骑踏溪而来
粉碎于刀剑的心迹

点起一叶竹筏
撞入一千年的清流
追慕王谢的风骨

刻石山的涧

鹅鼻山的巍峨

令巡狩的始皇不安

登临,涧是指引

在东南之地,会稽山麓

正好君临天下

勒石以镇,凡二百八十九字

威仪惊了山涧

失重于鹅鼻峰的天子之气

落荒而走

铮铮钹钹,悠远了千年

流淌的是李斯的篆文

清凉里品读民畏秦法的寒意

云门寺的萍

团坐于石臼斗方之地

行王羲之的修禊之事

一萍一觞

吟一句千年的唐诗

越山千万云门绝

生如飘萍

羡煞了云门白萍

聆听清音，静研二王

鼠须狼毫脱了退笔

书写唐皇、萧翼一千年的诡诈

嵊山碑记

沃州的山水诗情潮湿了心绪

幻化成虹

一头浸入唐诗的渊薮，另一头溯源而上

曲折盘桓，泻入谢家村的松荫

覆盆子的猩红，吐露隐居的闲适

敲落枝头松子的是那年的晋风

掏走了松仁香甜的是另一年的晋风

而新开的山道

扯不完的荆棘，如锥森然的树根

是静默等候的险途

脚尖的方向是攀登的意志

叩过木阶的步履滑入吟颂的篇章

是起伏的沉重

粗重了攀登者的心绪

而尾音是模糊了的斧凿印记

嵊山之碑仰卧于峰

笑看苍狗白云

不要问我年代

我只怀揣一个东山再起的秘密

东山之约

魏晋玄风

恬淡了你士族的宦心

筑庐蛰居

啸咏了东山的茂林沟壑

你说与那个叫羲之的友人相交甚欢

常玩一种曲水流觞的饮吟游戏

因寄所托,情随事迁

是江南的危局让你悚忧而起
二十年宵衣旰食,只为社稷之安

从此,卑微者的心中燃起明灯
胸襟之中多了一份
从头再来的中华气质

青瓷碎片

泥土的不朽
在干柴燃成了灰烬之后
诗人的礼赞
在夺得千峰翠色之际

一场雨让你袒露了自己
网格纹,厚胎薄釉,泥鳅黄

在大善小坞的山坡你已沉睡千年
醒来只是泥泞,跋涉
揭开了你掩藏的神奇

此刻，你就在我的掌心沉默

洗净了尘缘也不见茗香沁脾

你说自己只是一个被敲碎的梦

在世人面前终不成器

清　岚

清岚,原名郦华,70后,浙江绍兴人,现居杭州,浙江省作协会员、杭州市作协会员。2007年初正式开始创作诗歌,作品见于《椰城》《草地》《北回归线》《齐鲁诗刊》《星河》《散文诗》等报刊。

刻石山(外三首)

第一次仰望你
我不敢忽略
想把自己的名字写进刻石山
写进崎岖的山路。跟碎滑石、黄泥巴、潮湿的台阶
一路向前
高高的石阶在半空中盘旋,突兀
是它的张力。穿越它的高度和体魄
扒开刺人的野草和荆棘
让我看清更远的路

竹林深处的密竹召唤我上前
清脆的溪流是此刻内心回旋的
计时器。刻石山的视线越来越近

再次和青苔握手

向着山崖最高最密处走去

走进云朵里隐秘的刻石山

旖旎白云间

云门古刹的浮萍

是什么惊动我的心弦

这一池的浮萍

绿的是你的视野

保持一个高度

密密麻麻的小心思如针

穿透水里的波光。屏蔽障碍

靠近你让呼吸变得透明

空气中回荡清香

此刻的你那么安静

体态高的矮的错落有致

却又无声无息地带走了时光

带走了喧哗

稳做一池孤独色的浮萍

不会随波漂流

追逐凌乱的脚丫

厒石湖

走进厒石湖
风是静止的
湖面保持原有的姿态
平铺：像一面镜子

在细长的田埂上走着
泥土松软而有弹性
脚下的风
忍不住想走得更远

更远，是家乡的路
是回不去的故乡
闭上眼睛想象那年一场花事
在花朵的延绵中盛开

放眼望去：在空中
在层层叠叠的芦苇丛中
花朵此起彼伏
脱掉胭脂，褪掉厚重

说出原始的美

小船儿划过湖面
一不小心水葫芦开起了
紫色的小花
泥潭沉陷，水波荡漾

荡漾：荡漾着秋天的
情怀
小船儿划开去
我们的心也随流水
一起荡漾

荡漾着
你我的清欢

梅峰寺

我想象有一株梅花
在这个寺庙开过

山路十八弯

却独爱这一朵

在梅峰寺的诵经声中

它脱离凡间的痛苦与

挣扎，在苍白的木鱼声中

绽放花枝独特的味道

夕阳的余晖下

它像个老者，端坐山凹中央

沉默不语

它凋谢时，钟声响起

花瓣撕裂。曾经的疼痛

都抖落了出来

献出原型，从此不再隐痛

不再说爱

邱迪梅

邱迪梅,生于 1979 年,浙江诸暨人,现居杭州良渚。作品散见于《散文诗》《野草增刊·绍兴诗刊》《巴彦淖尔日报》《黄河诗报》《新民晚报·新如皋》等,系绍兴市作协会员。

在湖畔山庄望会稽湖(外五首)

吹面寒风裹着烟雨

从湖面席卷而来

沾湿了发丝,蒙住了眼睑

沉浸,是这个午后的会稽湖

山影隐约于烟雨深处

烟雨沾湿的树枝上,滴下晶莹之珠

声音清脆悦耳,穿透我平静的内心

仿佛云门寺的梵音响起

望着一湖烟雨,远山隐约

宛如欣赏一幅淡彩的水墨画

风吹过耳际，吹乱发丝

置身会稽湖的烟雨之中

像水彩淡幻，与山影相对

我想，或许我是山影凝望的山妹子

是烟雨之中的画中人

在若耶溪畔

穿过竹海，一条小溪

带着山的愿望而来

从我身边流向河海

在若耶溪畔，想起唐朝的诗人

想起他们坐在溪边吟诵的情景

而溪水无意聆听，轻快而去

就像今天，我站在溪边

唤它停一停，听我也朗诵一首诗

一首与故事有关的诗

它却一脸不屑，仿佛在说

我本来就是一首比你写得更好的诗

云门叙事

云门寺,伴随五彩祥云

从王子敬梦中而来

晨钟暮鼓敲响在秦望山南麓

多少兴废,三千僧侣的浩大规模

筑成了一座越中佛国

一千六百多年呀,一部沉重的辛酸史

在黄墙朱门内,沉默不语

和荒草一起不喜不悲

萧翼寻踪《兰亭集序》

从长安,怀揣贪心而来

所谓计谋,让智者失德

辩才的一份盛情酿下千古遗恨

《兰亭集序》去了何处

从佛门到红尘,一个谜团藏进尘埃

而云门寺,一声长叹

惋惜,在秦望山南麓回荡了千年

诗咏之声,随若耶溪声而起

远道而来的诗客,带着膜拜

在云门客栈,聆听大悲咒

沉浸于霜天月色,忘却红尘诺言

多少流连,在几度荒草淹没间徘徊

就像今天,我们在一座村庄里

猜想晋唐佛门盛况。静听水韵

看孤僧坚守云门原址,延续千年香火

平水吟

行在平水,行在悠远的古里

大禹治水、无余建越

五千年的传说是一道通往远古的门

带着我们悄悄走向历史深处

刻石山、云门寺、茶马古道

像一部部典籍,静坐在会稽山里

讲述着两千多年来的人文盛景

万亩竹海幽深

在风中起伏,带着大山奔跑

阳光透过竹叶

在黄泥地上泛起金光

珠茶、笋干菜

是回味不尽的平水味道

若耶溪流出唐诗的韵味

会稽湖,与山相映成画

洗净一身风尘,乃见清可见底的心境

在平水行走

仰望是历史,俯首是历史

青石台阶上写着岁月沧桑

白墙黑瓦间,古韵悠扬

在莒根民宿居

你一打开窗户

就会看到仙女从山梁上飘落

在巧英水库里舞动纱裙

你一仰望苍莽

就会穿越西周到传说里查阅

让苴根村名更加厚重些

你一闭上眼睛
就会看见星辰在水底下闪烁
那是 2100 年前的时光

你一了解苴根
就会面对水库寻找隐藏的旧迹
忍不住想翻写一个故事

日铸茶语

春风带着雨水
在岭上滋润了一片茶园
翠绿的会稽山深处吐出细嫩细嫩的芽尖
采摘芽尖的手指，在风里轻盈地舞蹈
春茶绿语，和茶人之梦

炒制、烘干
清香便四溢在山村里
扔进一杯沸水中
那些芽尖啊，把绿的色彩融进闲暇时光

说说品茗之趣

在一杯茶里,有唐诗宋词的雅韵
有明清茶史上"珠茶"的美名
这一杯日铸茶,在山乡里绿意千年
绿满世界

秋　子

秋子,浙江嵊州人,60后,诗歌作者。

禁山印象·青瓷（外一首）

一片青瓷,从板结的泥沙中拱起脊背

是一场持久的雨水擦亮了它古旧的釉色

一片青瓷,因穿越而失却了触觉

缄口不语不再锋利

它仿佛汉代的一块骨头

西晋的一片羽毛,抑或

南朝的一片鱼鳞

拨开朝代的掩土,以温和的修辞与它对话

以平民的礼节托起它隐秘的高贵

让它在我的手掌重新找回薪火的温度

一片青瓷,似一个无辜的孩子

与它的族亲离散,隐居于大善小坞

来不及出发烟柳邑都,奔赴锦程

来不及坐在描金的案台,被一双厚掌托起

来不及身处宫帷后庭,见证一场血腥的阴谋

斟满琥珀色的鸩毒,由一朵朱唇

承接。来不及在一场寒光剑雨的夜宴

醉倒半场政客,将密谋者送上权位的顶峰。或者

流落绿林山寨,令歃血为盟的义士掷地有声

一片青瓷从冻土中苏醒,失语千年

我深信,她是一枚颠沛的箭镞

封喉

顺着水圳的指向

她不是侠女,不懂得仗剑行侠的快感

比如将上好的裘皮脱下,摔在柜上:换酒

女人是水做的,她要门前屋后的流水温顺而欢快

她摘下金簪褪下玉镯,双手奉予老石匠

那是明初的一个雨季,平溪江的水正狂暴地淤堵

在华堂,水圳是指针,村庄是古老的钟表

石氏太婆的木杖丈量涝情,敲击干渴的屋基

击出九曲水圳汩汩而来,几百年不曾干涸

顺着水圳的指向,我们认知前朝女性的睿智和襟怀

鹅卵石旁青石板下祠堂门前,那些坚定的拥护和欢呼
是族群生生不息的血脉将村庄环绕
酣畅而顺服,不绝如缕

在华堂,水圳是立体的路标
外来客掬一捧清凉,品一段桃花流水的古朴清丽
挥毫泼墨的念头陡然而生,此时的圳水有酒的醉意
如果不远处的雪溪书院有隐隐的墨香飘来
你可在此洗濯毫管,净手拭尘再疾奔而去
荷锄的老农在圳边抖落稗谷草屑,点一袋旱烟
"吧嗒吧嗒"的,眯眼望着土狗将舌头伸进浅水
如果柳梢头上得见上弦月,圳水变得安逸而平缓
这个时候,胡琴能够说明白的
江河能够涤荡的水圳,也能表述无遗

炊烟初升的屋檐下,有朦胧绰约的身影俯身汲水
水声柔柔的,一片顺着微波漂浮而来的青菜叶
被下埠头的一只竹篮徐徐接住——

裘国春

裘国春,曾用名求国春,笔名求天云。生于1963年,浙江新昌人,现定居于绍兴。1984年开始发表诗歌,作品散见于《赣南文艺》《野草》《绍兴日报》《绍兴晚报》等报刊。2005年由中国文联出版社出版个人诗歌专集《曾经的轻舞飞扬》。

摩崖石刻（外五首）

你是一个老者
脸上尽是些岁月的勒痕
甚至没有苔藓
把全部心思皱褶成一种旷世的狡黠
隐居深山
让我们付出荆棘和断崖的代价

所有的传言
全部裸露在乙未年的深秋
我们一一捡拾
犹如我这一生走过的路途

三块被诗人们朝觐的石头

原本与谢灵运的诗句无关

但从今天开始,就在乙未年的秋天

镌刻上我们背负的故事

让想象中的美丽崎岖而行

成为唐诗之路上一个最耀眼的亮点

我们面对着温泉湖

在摩崖石刻前

这一刻,秋光在心中诗意漫延

注:2016 年 4 月 10 日,绍兴 30 名诗人重走唐诗之路——走进"诗路小镇儒岙",绍兴电视台进行了现场直播,盛况空前,故以诗记之。

走在唐诗之路上

左一脚,我怕踩疼了李白

右一脚,我怕踩痛了杜甫

在天姥山麓

一条用卵石铺就的小路

个个路标都是由诗句竖立

直达我灵魂深处

今天,我要去看一出千年神剧的演出

在天姥山北斗尖上

没人能告诉我谢公屐的穿法

我想用条条屐痕

和云锦杜鹃一起

站出一种诗歌的样子来

去等候一位长发飘飘的仙子

聆听她天籁般的吟哦

沉醉中,我愿再一次梦回大唐

梦在天姥

我的梦注定会是个春梦

诗和杜鹃的季节

像千年的李白来见天姥

天姥是座很高很高的山

她和唐朝一样高

经常会有诗句从山顶突然滚落

在儒岙这个地方

你只要用眼睛就能把遗落的诗行捡到

天姥山的水源很远流很长

龙潭坑便是一条文脉

龙潭水深逾千尺

荡漾着诗人们太多的惊叹和欢笑

掬水而饮

就可以在腹中将一大把诗歌酝酿

在儒岙这个诗路小镇上

我头枕着天姥山那条暖暖的臂膀

做着李白曾经做过的梦

让诗和杜鹃同时开放

乌泥岗,诗与远方的田野

乌泥岗不高

海拔才六百来米

乌泥岗很远

此地没有了城市的霓虹袭扰

菩提峰下

是红尘在丈量空灵的距离

还是空灵在打量红尘的笑靥

有一首诗

已孳生在远方的田野里

乌泥岗上,有一座慈云寺

给我慰藉

一番离乡和思乡之后

箫声悠扬

谁在此刻把《神曲》吹起

樱花未开

茶炉已红

一杯香茗沏好

乌泥岗从此不再老去

此时此地，我已参悟到一树菩提

枕着茶香而睡

我在回山的那个晚上月明星稀

谁会在感叹之余

留意那些早已淡忘了的鸡鸣犬吠

我被一种恬静吓到了

一个叫回山的小镇里

山坡上向阳的花是那么绚丽

任性地烂漫

它们都不管你有没有在意

山涧的溪水

清澈得可以见底

它的纯净足以洗涤我此时的灵魂

抛却一身的俗气

乡民的纯朴

憨厚得让我有些木讷,有些过意不去

即使是街头小贩

也能教会我什么叫童叟无欺

他们说

不能为了一点蝇头小利

与自己的良心过不去

回山,今夜我在此栖居

从此

我对生活会有一种不一样的期许

在金庭,走一条秘境之路

没有人告诉我

永和九年那个春天之后

书圣为何舍弃了浩渺的鉴湖之波

离开蕺山之麓

从此归隐剡中

告别繁华

在一个叫金庭的山野中结庐为观

没有人告诉我

是谁为羲之选的那一穴墓地

找不见水流的一座山却被叫成了瀑布山

莫不是此山住着玄武

我愿意幻化成墓前的一只石狮

我想看到

香炉峰化成一条青龙腾飞在祥云之中

卓剑峰变成一头白虎蛰伏着

威镇山谷

我再举目而望

正前方还有一座五老峰矗立着

似屏风,像照壁

我在平溪江中看到了朱雀展翅时的那一抹倒影

灵境虚幻

当我从墓道里下来之时

胸中自觉已充盈着一股正气

却不知从何而来

我迷惑于金庭的青山秀水中

没人告诉我

一个开满梨花的村庄

它的名字为什么会被叫成灵鹅

没人告诉我

在华堂村

注:书圣王羲之之墓位于瀑布山山腰,墓之左侧一山叫香炉峰,右侧一山叫卓剑峰,墓之正前方一山叫五老峰。

注:灵鹅村、华堂村为金庭镇的两个行政村。华堂村村民基本上都姓王,是王羲之的后代族裔。

石氏太婆

修的一条水沟

六百多年后清流如许还可以照见我的丑陋

什么是它的源头

没人告诉我

这里的李子为何要长成桃子的模样

不失李子的酸爽

却又成就了桃子的甜糯

没人告诉我

寺庙为何要以石鼓命名

僧敲木鱼

敲一个石鼓又震慑得了何方妖魔

······

在金庭,我走进了一条秘境之路

就在初春的那个午后

山　月

山月,本名胡土清,生于 1993 年,浙江建德人,2016 年毕业于浙江越秀外国语学院汉语言文学专业。系绍兴越城区作协会员。

镜湖水月（外一首）

一大片,一大片月光
从树梢一跃而下
踮着脚尖儿,在水面起舞
泛着光,水月一体
望不到边际

"一夜飞度镜湖月"
月,抬头便能望见
"镜湖水如月"
水,低头便可见

我相信,镜湖的水和月
从唐朝来,到未来去
贺知章回归

方干隐居

元白互相酬唱

一切尽在她眼底

仰望时

她静默，亘古如斯

低头时，

她有一万只眼睛

在含泪诉说

相视的瞬间

我试图从月华里、水波里

去找回

遗失的诗意

去探寻

属于我们的诗意

诗意的水

这水是诗意的

变换着色彩、流速

来诉说它的心事

引我入境

它深不见底
贮藏着无数的倒影和诗篇
无数的快意和惆怅

我忍不住
向鉴湖的每一滴水发问
仗剑天涯、裘马轻狂的大唐诗人们
捋须作诗、扼腕叹息的细节

缄默
似一块顽劣了千年的石头
一言不发

古纤道,夕阳下
渔夫归家
漏网之鱼吃着水草
顺便吞了我的倒影
我来过不会留下痕迹

暮色中
没有路标
向着鉴水的流向

向着诗意的呼唤

我们走在大唐诗人

后面的后面

晚了千年

仍在追寻

陶仙娟

陶仙娟,生于 1969 年,绍兴柯桥人,中学高级教师。自幼爱好文学,学生时代起偶有习作发表,现有两万多字发表于各类刊物。近年来偶有诗作发表。

云门寺(外一首)

寺前青嶂半隐
五彩祥云未现
"若耶溪,云门寺"
"青鞋布袜从此始"
杜子美诗句余音缥缈
王子敬退笔冢犹在
《兰亭集序》失却之所
唐代浙东唐诗之路起点之誉

纵然
唐风宋韵后
古刹不复旧门楣
只是辩才塔依旧述说着
唐太宗的喜好

和佛坛

书坛

诗坛于此的故事

洗砚池

似不老的眼睛

阅尽悠悠天地云影，落花流年

喧嚣红尘的贪嗔痴狂

爱恨情仇及其因果缘由

回眸一瞬间

却已了然无迹，欲辩无言

安昌古镇

岁月磨亮的青石板上

高跟鞋的叩击声

和着橹声欸乃

时远时近

悠悠乌篷

摇碎跨河十七桥的倒影

檐下挂着香肠青鱼干的老屋

在酱香酒香氤氲的红尘里沉醉

冬日暖阳下的扯白糖

拉甩扯掉阊间

似白练舞动

让古镇慵懒的午后时光

不再单调不再乏味

长长的老街浓缩了

游子儿时的记忆

绝版的乡情

王鑫鸳

王鑫鸳,系中国民间文艺家协会会员、浙江省作协会员,任绍兴市曲艺家协会副秘书长、嵊州市民间文艺家协会副主席。有诗作发表于《作家报》《野草》《鉴湖》等。

金庭三题

在华堂古村做一名村姑

这个曾叫花明的村子
肯定是羲之后裔的"桃花源"
这个春天,一群诗人的目光又被点亮
多年来苦苦追寻的瓦尔登湖啊,就在眼前

白墙、绿树、黑瓦在水面摇晃
平溪江底的青苔绿得发黑
在水底兀自招摇
它一定是书圣梦中留下的墨彩

每一堵墙，每一片瓦

每一段石子路，每一处水圳

都在诉说

一个家族经久不衰的瑰丽和传奇

一只鸟儿，在天空掠过

惊动了溪水里一串串的麦穗鱼

一个七八岁的小女孩

坐在村口的台阶上，守望

留在这里，做一名村姑吧

守住这里的拙朴和美好

听九曲水圳流动的声音

从西边的太阳，一直流到

东边的月亮

在金庭观驻足

这是一个怎样神秘的仙洞

吸引了一个疲惫远行者的目光

从此，一颗流浪的心

在这里找到安顿的家园

抛开世俗的浮躁和烦恼

远离尘世的繁华和喧嚣

让身体在天地间舞蹈

让心灵在宇宙间逍遥

今天，让我也在雪溪书院前

捧一卷经书，或者

面对那棵沉默的

把枝丫伸向天空的枯树，说说心事

揽一夜的星光，送给明月

掬一捧虔诚的清泉，洒给大地

执一管秃笔，播下一粒梦的种子

看思想的春草，慢慢爬满整个庭院

在王羲之墓前

踏进这里

就像走进一个神秘的庄园

脚步变得很轻很轻

呼吸变得越来越紧

路旁的柏树

一棵棵站成绅士的模样

竖耳倾听

千年时光在风中流动

石子路上，台阶上

依稀有书圣走过的脚印

那铺满阳光的歇山亭，斑驳的石碑

不知被多少中外游客的目光抚摸

拜谒一个艺术灵魂

无须华美的语言

也无须太多的礼数

你看那一树树来自异国他乡的樱花

把东晋的都市

开得姹紫嫣红，春光烂漫

王雅琴

王雅琴,笔名恬露,越城区作协会员。有文字发表于《散文选刊》《新华每日电讯草地周刊》《绍兴晚报》《河源晚报》《柯桥日报》等。

兰亭（外二首）

一丛丛青翠的修竹,迎风摇曳
一排排堤岸杨柳,婀娜多姿
浮在水面上的白鹅,划着红桨
围绕着飞翔的红金鱼嬉戏
与刻有鹅池的碑亭相映成趣

新开辟的石墙,描着各种版本的兰亭序
似一本本史册,在阳光下,在风雨中
向一双双注目的眼睛诉说

曲水流觞处,溪水奏着欢快的乐曲
小鸟啼着古往今来的歌喉
一种美酒,顺着流水
泼洒着一个个飞舞的墨迹

书法博物馆，时光瞬间倒流
书圣的形象、墨宝，一应俱全
似一枝枝芬芳的兰花，展颜
幽香馨香侵入你的灵魂
跟随着一片春天

曹娥江畔

身体已经领悟，那种
曹娥江上的风，吹起
一路涟漪，一路悲歌
或许早已泪眼婆娑

一朵浪花，翻起一个传说
少女寻父的号哭，惊动
众神，纵然一跃
奇迹般地背父尸浮面

一种孝心，被风传诵
从江面的这头飘到那头
如涨潮的水线
升腾在人们的内心深处

十里荷塘

昨日一场小雨

清澈的荷塘

回忆洒了一地

每一朵花苞

都有一个绽放的名字

一群小鸟

欣喜地飞来

在亭子里嬉戏玩耍

更多的在天空飞旋

黄昏时，大地

舒展着笑脸

夕阳，在山顶

王 瑛

王瑛,网名鸢飞鱼跃,生于 19 世纪 70 年代,浙江绍兴人。爱好文学,初学写诗。有散文、诗歌见于报刊。

在梅峰寺(外二首)

小方岩,居然是
打开梅峰寺的调门

聆听朝拜的信徒
风尘仆仆的虔诚
叩响青石板的跫音

焚一炷香
救赎不可告人的恶
浣洗尘世沾染的污垢
点燃修行的禅悟

时光静泻
佛光泻在舒展的眉眼

幸福流淌

在信徒朝拜的身后
立一个缄默的我
怀抱立地成佛的信念
念一句阿弥陀佛

陶宴岭的雨

我几乎
快要登上你的高处

重复的路
征服不属于自己的顶

向上走
在你的耳旁悄悄叮咛
把我的思念塞进
雨的怀抱
把陶宴岭矗立的誓言
刻在飘走的云朵上

只有

那棵枫树静静站在原地

看雨湿了岁月

任我生根发芽

酒

酒,让我想起了你

而你忘却了我

举起的那杯酒

干了的是我

你是我最深沉的梦

一半,在心里变成了疤

一半,在胃里醉成了酒

酒伴着孤独走来

携着寂寞,唯独

把你遗落

王樟林

王樟林,任职于新昌县公安局,爱好文字、摄影等,曾经从事公安宣传工作 20 多年,近年来爱上诗歌创作。

天姥古驿（外三首）

曾经,她是一个美丽的传说
这是刘阮遇仙的地方

曾经,她是一双神奇的木屐
肩扛着谢公上了青云梯

曾经,她是一顶世袭的官轿
靓丽了大台州的蛮荒

曾经,她是智者大师的袈裟
从此有了天台宗的传唱

曾经,她是诗仙李白的神往
镌刻了唐朝千首诗章

现在,她只是一个基因密码

根植于你、我、他

南山怀古

南山悠然,躺在天姥娘娘

怀抱里,枕着李白梦游的千古

绝唱,驾着拨云尖缭绕的仙雾

驱赶着嵯峨诸峰,叠拱环城

簇拥南屏王氏千百年

南山盛然,躺在风光旖旎

八景中,枕着百岁老人的铜锈

烟杆,仰望着姥峰夕照、翠屏奇石

默念着古井铭,龟蛇护玉

怀揣着凡人不老的憧憬

南山凛然,躺在雕梁画栋

宗祠中,枕着祖先遗赠的袅袅

香火,聆听着元培先生的永安桥

赞誉,祖谋孙武,源洁流澄,永思

奉先,积金、积书、积善,脉脉昌盛

南山欣然,躺在耕读传家
匾额上,枕着燕翼堂里的书声朗朗
修竹,秉承着进士台门的祖训
梅园,诵咏陶然,或仕或隐
代代骄子青史留名

南山乐然,躺在天姥摄影
基地上,枕着古戏台上的千秋
往事,赶制谢公屐不忘登云梯
打草鞋,编竹簟,纺纱烤烟
传承着一道道不朽的风情

秋醉大佛寺

禅院古老的风铃,摇曳着
深秋的明媚,静伫于红尘之中
每一丝烟火都沾染了禅意

三生圣迹,弥勒石像
越国敦煌,穿越一千五百年的烟尘

在凄美诗韵中悄然走来

面壁虔诚,素心来共点

石城古刹,不世之宝无等之业

秋雨氤氲,湿了古塔的青砖

老了禅院的旧瓦,瘦了袅袅的梵音

水天一色,放生池碧波涟漪

多少如莲往事,被时光褶成了永恒

秋叶如锦,抖落了四季的尘缘,涂抹

佛光的色彩,深浅枯荣,清香悠远

落英缤纷,欲语难休欲走还留

多少悲欢离合,沉默不语思念久久

游人悠闲,红尘旧事巧笑嫣然

云水禅心,彼此生命里默默坚守

万马渡

电闪雷鸣风雨激,十匹马

百匹马、千匹马、万匹马

在云雾间升腾,于千军中嘶鸣

金黄色、红棕色、清白色
圆锥形、扁圆形、长条形,挨挨挤挤
百公斤、几千吨、上万吨,竞相争渡

他们破空而来,只为
一个主人,只为一个信仰
为了叩拜猢狲,不惜遗落人间

如仙似梦,似真如幻
只有那莆田吴献辰写得清
只有那亿年的冰臼道得明

望　秦

望秦,本名周奎,生于 1980 年,浙江嵊州人。有诗歌发表于《星星》《诗林》《诗歌月刊》等诗刊,系浙江省作协会员。

岁月的浮雕(组诗)

天竺禅寺

路的尽头是天竺禅寺
风吹铃铛,唤醒沉寂的午后
我从山脚带着俗念而来
抚过明黄的院墙,内心有层层回音
打开眼前山色

聆听烛光里岁月轻摇
门楣上鎏金的字,不作任何
注解,信仰是件多么私密的事
除了时光,谁都无法窥见一二
僧舍寂寂,万物皆为经书

石门槛布下迷阵，跨过的人
都以为前方有大宁静
潺潺溪水流过，花影在微风里漾动
我们沿着青灰的石径
轻推彼此心门

游天姥寺遗址记

几块残碑保存在文化礼堂的二楼
梦魇般零乱，保持原状是时间不能容忍的
错误，窗外是繁忙的国道，速度和遗忘
相互缠结，路边春色细碎而安静

通往天姥寺的方向，想象和现实穿插
诞生出一场场春雨一次次邂逅
古驿道兀自走向丛林深处，路遇的围墙是新的
走在陈旧的草色之间，虫鸣声声
被时间风化殆尽的天姥寺，守着一个地名
在溪水和春风的迎来送往里
怀念一枚烛火

再往上就是黑风岭了,曾经强盗出没的

地方。山腰的路廊还在,庙门被铁链锁着

开或不开,都显得那么不合时宜

在万马渡,我们

一前一后走进一个凝固的事件

石头们戛然而止的呼啸声

石头们遽然转身回望来处

石头们安静地,等待倒拨时钟的手

石头们把自己弃置在事件之外

水声复刻了冰川时期的抒情小调

石头的内心仍有火焰未曾熄灭

余温润养出一片云雾,缠在山腰如同

风的巢窠,我们开始相信目光也会飞翔

在石头的丛林,众鸟横渡苍茫

在蜿蜒的草色里,有人筑起房子

篱笆外面,放养着星群、灯笼和石径

房子已经废弃,草木正在入侵

你说:是人失踪了,还是岁月失踪了

看那台阶上面,脚印长出了蛛网
是在寻找还是挽留
我随口应承着:有时候,世界和人生一样
是一种想象——

云门寺:荷

佛门净地,养一池荷是种修行
连那些伴生的浮萍,都自在随心
它们擦去了水波和天空
它们不呈现绿色之外的颜色
明黄的院墙把信仰渲染
铜香炉里青烟袅袅,想象的触角
拂过明处暗处的镏金真言

还有一株荸荠,倚在池边
是众多聆听者中,最具慧根的一个
透过它的缝隙,我们看见了
水池的边缘,青苔中有几株开白花的草
她们对尘世充满了善意

有光线乘着浮萍横渡云门寺

穿过晨钟、早课,接着抵达牌匾

一路洒下金光,仿佛尘埃

附着在香客的鞋上

只有荷依旧只露出一点表情

风来颔首,风止静思

日铸云梯

石阶旁,一棵树的死去

并未使古道多出几束光线,一队人马

从兰若寺行来

经过下马桥、议事坪

与历史一路并行

我能想象那个黄昏,落叶纷纷

身后已无退路,而山林渐深

需要多大的勇气,继续逃逸

如今,已没有落魄的君主

议事坪上杂草丛生,家国大事

掩埋了多少人的野心,像那半爿枯树

依旧占据大片天空,旁边的围栏

就差写上"生人勿近",象征性

更大于对生命的警示

再往上,是横穿山腰的公路

逃逸之路突然中断,路边的

山神庙关着门,像个隐士

慈云寺的蚱蜢

它就停在时间深处,思考或者

绝望。那些飞起来的尘埃

正在穿过格子窗,与牌匾下方的石阶

交换着远方

恍惚中,佛乐如同影子跟随

指点迷津早已是某种奢望

只有光影保持了尘世的一些形状

案几上,烛泪是独立于现实的事物

说不清它们的初衷

也说不清柔软背后是什么在支撑信仰的燃烧

建盏上,一只蚱蜢不发一言

它的沉默笼罩整座寺庙,只有我

站在盏沿,守着自己的悬崖

罗峰山庄夜饮

等时间空了，我把酒精安放在枕畔

整个世界只剩下微弱的呼吸

夜色薄至透明，容我们几个酒鬼翻阅近处的

灵鹤桥，桥头没有古堡

只有石阶，夹杂在草丛里的脚印

没有敲醒几盏醉醺醺的路灯

唯有溪水一切安好

从夜色流入夜色，酒气是暂时的

这些诗歌酿制的事物

正在逐渐发酵，成为一道栅栏

我们是自己的国王，将酒瓶放逐，将岁月倒置

在天竺寺聆听一缕光线

跟随一缕阳光进入寺庙深处

佛像和尘世之间，隔着长廊，铜香炉

蒲团仿佛一阕尚未填完的词

肃穆中，我们以自身的渺小去触摸信仰

不可踏上门槛，一些未知的
禁忌，使我对生死保留了足够的敬畏
案几上，一盏空空的时光
已经守候经年，尘埃落在你指尖
我聆听到某种虚无的声音

在你唇边颤动的是一缕光线
沿一句真言，爱情和远方以一粒胚芽的
方式成熟着。而我在蒲团前
站也不是，跪也不是，梦之于我
已经太过遥远，唯有时间的弦

传来一阵微颤，往前十年，或者
往后十年，在这失神的一刻
我只想聆听从佛像上漏下的微光
漫过蜡烛、香案、石阶，抵达更广阔的
天地，只有你在尽头，颔首沉思

吴春妮

吴春妮,生于 1966 年,绍兴人,系绍兴市作协会员。从学生时代开始写作,作品见于《新民晚报》《钱江晚报》《绍兴日报》《绍兴晚报》和《野草》等报刊。

访云门寺(外一首)

不知道几十个人的脚步声
是否惊扰了,千年古刹云门寺

看,王献之在这里习字
杜甫在这里作诗
嘘,听李白、孟浩然、杜牧的轻吟
还有白居易、王维、陆游
他们还都在酣睡

让我们悄悄地来,轻轻地回
作别天下第一名人客栈

夜宿烟山人家

诗人相聚
怎么能少了酒
何况是在李白留别的天姥山边

一声吆喝
顾不上已夜深
一瓶瓶酒启了盖
一盘盘回山的农家菜上了桌

酒量小的,开始微醺
淡淡的粉色
就像官塘山漫山遍野的杜鹃花
能喝的,用不着点火
拎起酒瓶就把"喇叭"吹
酒量似"天河"

夜已深
烟山人家二楼的乒乓球桌
也悄无声息地睡了

喝过酒说自己醉了的是假话

喝醉酒说自己没醉的是真话

醉的只是酒

人却比任何时候都清醒

吴金权

吴金权,生于 1962 年,浙江绍兴人。20 世纪 70 年代末开始写诗,1984 年起,先后在《青春》《鉴湖》《绍兴日报》《绍兴晚报》等报刊上发表诗歌、散文。

雨中游沃洲湖(外三首)

癸巳年初春,春雨细细,余与众诗友结伴游沃洲湖。

停在山中的云

弹入云中的山

或许

也是这样

一个春雨霏霏的日子

此情此景

如曼妙少女般的天姥山

早在

千年之前

已横进了太白的梦中

我们

结伴而行

徜徉在沃洲湖畔

流连于天姥山旁

在雨中

近看山上流泪的桃花

远听湖中欢叫的鱼儿

怎能不想起诗仙烟涛微茫的梦乡

回山的味道

回山的"回"

其实是回味的"回"

这茶叶的清香

缘着茶树砌就的翠绿台阶

沿山拾级而上

一直飘到山顶

与云雾相拥而欢

回山的"回"

其实是回家的"回"

那麻糍的口感

就是儿时外婆做的那个味道

山腰间的点点古村
如陶渊明的桃花源
不知哪一个是我梦里的家

回山的"回"
其实是回忆的"回"
在陌生的客栈
抓一把沾满唐诗的回山新茶
泡一壶古朴的香茗
邀三五个老友新朋
品一下曾经的年少青春

回山其实不难找
告诉你地理坐标
北纬 N120°48′58″
东经 E29°16′24″

回山的味道
其实是茶叶的味道
茶叶的味道
就是回山的味道

门溪印象

诗友们忙着拍照留影

而我久久地

呆望着门溪水库

忽然神经地

想起了儿时养过的

几条三尾金鱼

眼睛大得夸张

长而飘逸的尾巴

极似少女美妙的罗裙

阳光明媚的春日

把鱼缸放置在伯府老宅的天井里

喂些从碧霞池捞来的鱼虫

看三尾金鱼头顶着头抢食

尾巴伸得长长

似乎要伸到鱼缸外面

那些鱼虫可不是普通的鱼虫

是听着阳明哲学长大的鱼虫

久望着门溪水库

总觉得门溪水库

就是我儿时养过的

几条三尾金鱼

搁浅在这山谷里

化作一泓蔚蓝的湖水

与翠绿的群山为伍

等着我驻足凝视

又见巧英

沏一壶望海云雾

看那片竹海湖水

雨后的彩虹

沿着湖边的小路

弯弯曲曲地

将我引向了

那一生一世的遇见

不知这个巧英

是不是上次遇见的那个

回望巧英

翠竹相依

群山环绕

村边的溪水依然甘甜

只是不见了

那个淘米洗菜的村姑

听说巧英的空气里有维生素

可我总觉得这个巧英

就是梦中遇见的那个

小　语

小语,本名丁红萍,70后,浙江嵊州人。自2014年开始写诗,曾在《鉴湖》等期刊发表散文和诗歌。

百丈飞瀑（外一首）

仿如一群脱缰的野马从天而降

齐刷刷扬起蹄子

以粉身碎骨的姿势一往无前

伴随着晶莹的尖叫

溅落满天繁星

放逐的爱尘埃落定

这喷薄而出的热情

又岂能用数字来衡量

它的疆场跟辽阔的大海无异

它们都拥有无限可能的蓝

悬崖上的蓝藏着一树盛开的樱

被粉碎的蓝飞起又坠落

如蝴蝶敛翅收住狂乱的心

我们多么的相似

都听从于自己的内心

从而确定未来的走向

不同的是它从高处往下走

我从低处努力向上为梦而生

此刻我只想把一匹野马拴在诗里

让它为我服役

至于其他的

它们爱去哪儿就让它们去哪儿

诗画剡溪

1

我们每天都在和生活过招

从一片叶到一棵树

有多少绿被遗忘

步履匆匆而更怀念从前的慢

日常念想便落在山水、泥土和绿枝上

三十五公里长的绿道系统，生态修复

又有多少绿被重新定义

无数的绿点亮了剡中大地

2

时光结出的智慧果子渐渐成熟

从屠家埠村口沿江北上

漫步或骑行，享受诗意的生活

沙朴树笔直迎风招展

符合自然主义的极简韵味

江水有记忆

几个朝代的故事糅进水里

半是黄金，半是白银

幸福的穿行中，我似乎不再是我

临水的目光

背着蓝长出翅膀

飞翔在这片神奇的土地上空

3

诗仙踏过的土地被墨泼中

语言的香味散开

心中的清泉"叮咚叮咚"

花儿用来自蕊心的气息制造出一场场梦

草的胸脯微微起伏

水的肌肤泛起涟漪

恋爱中的蝴蝶轻轻地从枝头起身

驾着阳光马车

一个回头就醉在唐朝的花香里

而新的叶脉里又有波浪在翻滚

谢健健

谢健健,生于1997年,浙江温州人,现就读于绍兴文理学院人文学院。曾获第十一届"文心雕龙杯"全国文学大赛大学生组一等奖,第四届、第五届"中外诗歌散文邀请赛"一等奖,绍兴市首届"樱花诗歌节"一等奖。

秦望云门(外一首)

那一天,我从会稽城里来
一路瞧见山顶千门次第开

秦望山脚下有座寺庙
名字叫作云门
广福院的姑子守着云门
云门又守着秦望
她像一位老人静静地坐在门口
身上的衣裳有久经岁月的淡雅
目送我们上山

秦望山下

若耶溪淙淙流向尘世

八百多年前，放翁撑着竹筏

从八百里鉴湖渡来

再溯流而上

杜甫裹着青鞋布袜从这出发

若耶溪，云门寺

这是浙东唐诗之路的拐点

许多人从这儿往天台

一路南去

我在漫山皆碧的林间向人间眺望

终究没见到流水声中纷扬的佛场

山中林色幽篁

路边青苔淹没了石阶人响

佛寺朱瓦褪霜

瓦上刻痕带人回千年故乡

天　台

从地图册上一路向南

从天台山脚一路向北

山中多的是文人的悲歌

拾阶而上

捡起那些散落在风中的历史

像是夏天夜里梦见童年的事

像是秋天园子里捡起落下的花

国清寺从身后飘来檀香

细碎如梦

晨钟悠扬间

成了仲夏的清风温柔

云锦温柔地亮

想起一个泪吟"云中谁寄锦书来"的词人

还有杜鹃

未曾见到的杜鹃

已经过了花期的杜鹃

当初太白也从这儿走过

轻轻剖开千年的泥土

或许能发现他曾经让力士脱靴的足迹

有道是龙楼凤阙不肯住

飞腾直欲天台去

诗路新韵

这儿便是天台
这儿便是千年诗路的终点
满腔的情绪都由长歌书写
温在太白的诗里
留待百年之后再回首
风干,下酒

徐浩宽

徐浩宽,毕业于绍兴师专中文专业,系绍兴市作协会员,现供职于新昌县旅游部门。

智者大师放螺处（外一首）

是梦的召唤,还是佛的旨意
让你告别金陵的繁华
千里迢迢地
赶往人烟罕至的剡东

沿着剡溪,逆流而上
充满禅意的沃洲山
让你停留,栖息于此
参悟禅宗精髓

这不过是你生命中的一个驿站
天台宗才是你修行的正果
你在此放生的螺,已繁衍无数
在碧波万顷的湖中,生生不息

鹅鼻峰和放鹤峰

这是遗落在沃洲山上的伟大作品
小心翼翼地打开它吧
让书卷铺展在蔚蓝的沃洲湖上
让丝绸飘扬在苍翠的唐诗之路上

一只鹅正沉吟沙滩
让鹅来告诉你，什么是"天下第一行书"
一只鹤正翱翔苍穹
让鹤来告诉你，"故人已乘黄鹤去"的含义

这是隐居在沃洲山上的两位大师
也许真正的大师注定是孤独的
才高八斗，却无人能懂
只有遁迹于深山远水之间

两位大师在这里不期而遇
那是高人之间的一次对话
心与心之间的碰撞，恰如火山爆发
作品连同那段往事已成为千古绝唱

徐 磊

徐磊,生于 1969 年,浙江诸暨人,长期从事旅游工作。近些年开始尝试写诗,有作品散见于报刊。

石梁雪瀑(外一首)

一枕石梁
跨越古今

一头洒有秦汉明月光
一头吹来八面风

一溪行善,一溪求真
二水交融,提炼至纯大美

雪瀑,不在沉默中消逝
只为等待中喷发

为谁欢喜打磨性情
为谁思念流转心声

一万年不长

一千年不短

又是谁的禅语，敲打

方古寺的木鱼

将军峰与美人峰

将军，北来的风

还在山门的斜坡上爬行

你长久的张望里

没有烽火硝烟

只见一只蝴蝶

上下翻飞

青青的夹树

枝头伸进美人的梦乡

花开三枝

一枝相爱

一枝惊变

一枝相守

风舞箫声

悲悲切切

长歌、短调

随着唐诗宋词

在春夏秋冬中流转

流转不变的

是美人的信赖

将军的执着

俞杭委

俞杭委,笔名山河、烟山雅客,浙江新昌人,浙江省作协会员。作品发表于《青年文学家》《诗林》《诗江南》《椰城》《浙江诗人》《绍兴诗刊》《野草》《绍兴日报》等报刊。散文《天姥山情怀》获"天姥山杯"全国诗歌散文优秀奖。出版有诗集《陌上烟柳》。

天姥行吟(外五首)

当李白走进天姥山,天姥山
就从唐诗里走出来,如八月的风
揣摩一座山的厚重
那条卵石铺就的驿道还在

每一块石头,都是一首精心打磨的诗
亮闪闪,做着无数个诗人的梦

一个梦落下来,恰如一颗
星星降临,也如一杯醉人的酒
给一座山,烙上历史的印记

时光老去，历史，却洗练了
一段精彩的故事，白云千载
空悠悠，空悠悠的人生

却从一首古诗中走出来，如
云霓明灭，影子一般若有若无
若有若无地演绎一座山的神话

一千多年了，你的魂魄还在
在山在水，在一杯他乡的烈酒里
也在一座山的沉醉里

坐下来歇一歇吧，在如此
清幽的山水里，把一首首唐诗翻开
杯盏之间，你便是我的前世今生

在剡溪，与北风相遇

风吹动树
说着冬天的冷。乌桕无语
以沧桑的表情示我

溪水欲言又止,漾起

小小的波纹,托起一场

深冬清梦

北风冰冷的舌头,舔去

阳光的温度,又舔我

麻木的老脸

河畔,杨柳舞动

南来北往的汽车,在上三高速

唱和半阕唐诗宋词

青松扬起千万条马尾

聆听风,在仙岩浅析

剡溪冬天的冷

皇渡桥

我到村前,正好草长莺飞

一座古意轩扬的拱桥

横跨在历史的河面

一头系在南宋

另一头却紧紧地攥在

我的心里面

七百多年前的一场国殇

你渡皇成名

一夜之间凌云崛起

而今天，你依然躬身弯腰

保持一座桥的姿态

像是等待另一场相遇

本想以一首诗的形式

丈量一座桥的高度

可我思绪凌乱

如一片飘零的桐叶

伫立桥下，仰慕

山一样恢弘厚重的桥沿

沃洲湖

划波荡舟，第一次

我怀揣别样的心情，走进你的波心

走进白居易的眉目里

找寻唐朝那位风流倜傥的书生

梦醒的山水
被这清风细雨涂抹成七彩的春色
烟雨轻轻，妆点眉目
阡陌红尘渲染了素雅的笔墨
淡出的诗卷，绰约不减当年
走进你，便再也走不出
你的万般风情

一次次地惊叹，一次次地回味
是谁的画笔，把这一方山水书写成
一湖的相思

藏经阁

在平阳寺
我不为青灯而来
怀揣好奇
只想看一看
藏经阁的灰尘都去哪里了

从窗棂到梁到柱子
我一一用心抚摸
如青莲，清纯如洗
讲解的和尚，用佛语
拂除俗世的灰尘

在佛前
我双掌合十
虔诚倾听那些凡尘
消散成
另一种佛语禅意

云门古刹

当若耶溪禅意地流经古刹门前
水草正在水中沐浴经声
那和悦的水声
祈祷一方和谐的山水

当左脚踏进寺院的大门
一条门槛
隔开门里门外的两个世界

一个俗世的人，处在方里方外

佛的目光祥和睿智
不言不语
智者见智，仁者见仁

果报只在一念之间
如同寺院外的草木
有些四季葳蕤
有些却枯萎在季节的更替里

袁方勇

袁方勇,浙江新昌人,浙江省作协会员、绍兴市作家协会副主席。作品散见于《青年文学》《江南》等期刊,著有散文集《南北》。

在诗路上(组诗)

唐诗之路,遇见一枝桃花

很多的花枝在雨水后伸展
更多的花朵在清明前开放
油菜花的隙缝里
一只一只的蜜蜂晕倒
在黄昏到来之前
我只是在郁金香的气息中

遇见一枝挑花
一枝开放了许久的桃花
在风中它已开了经年
与不曾老去的土地一起

寸步不移地坚定开放

这是我的桃花
我的来来去去的生活
在诗路上
如果可以
我更愿意在
瑶台上留下
一滴小小的汗水
滋润这里的一棵小草
让那些蝴蝶
远离那些花朵
在风中起舞
与路边的树一起
穿过密密的丛林
在晨露未化之前
为慢慢升起的太阳
祈祷

驿　站

如果我们真的知道
蝉为什么热烈地鸣唱

那么夜世界里

黑蜻蜓可以恣意飞舞

如果我们真的知道

大美是无数细节的叠加

那么我们的眼睛

不会忽略曾经的存在

一滴水的世界

一株草的呐喊

一个纯净的蓝天

一团洁白的云朵

那是一条沉睡多年的路

在几行文字里醒来

正午，与一座桥对视

我想我可以

静静地与一座桥对视

一个下午或者更长

我可以不辨春秋

不分冬夏

我想我可以

在流水的声音里

找到一块石头

静静地聆听它开花

任由蝴蝶飞过我的头顶

正午,我就这样坐着

与一座桥静静对视

一切都倒垂在水的中央

让汉时的明月秦时的关

变成桥上的海市蜃楼

我想我可以

风化成一段朽木

让桥在眼中渐渐远去

我没有听到上帝的声音

却收割了自己半生的梦呓

与一座桥有关

从山的这头走向桥的那头

我们被围在群山的中央

从桥的这边走向山的那边

我们与雾融成一体

在这里我就是你，你就是我

多少年

这几块山石守着多少的秘密

多少年

这个村庄就这样守着那些起舞的山

守着那条从村前流过的日夜歌唱的河

在这里，你就是诗，诗就是你

张德强

张德强,绍兴人,中国作协会员、浙江文艺出版社编审。著有诗集《美丽的年龄》《飘柔的情思》《梦中的金蔷薇》《时间的姿势》《心灵瑜伽》等十数部,有上百篇作品入选多种诗歌选集。

在越窑遗址捡拾瓷片(外一首)

从崎岖山路走进密林幽谷
只为寻觅
远古先祖遗落的汗珠

拨开世纪浮尘
我叩问黄土
那些碗足盘边瓷瓶香炉的碎片上
可留有当年窑工的指纹
龙窑柴火映红的脸
写着几多艰辛与悲苦

荒丘上,我见到
一条条曲折蜿蜒的沟壑

以龙的形状

掩埋着古老智慧和创造的风骨

于泥坑中追索

在树丛间挖掘

历史的风雨再猛烈

也冲不垮中华文明的延续

瓷片闪烁

梅子青,冰裂纹,秘色釉

在大师作品中焕发异彩

重铸时间的雕塑

东山谒谢安墓

因了一个成语的邀请

我们匆匆上山,披一身秋雨

穿越雾幔

穿越历史的茂林秀竹

在著名典故的牌坊前伫立仰视

然后齐声诵读——

东——山——再——起

上虞东山，会稽山余脉

在我们脚下起伏

疯长的野草和湿滑的青苔

守护着东晋太傅谢安的衣冠冢

谁能准确诠释

这千百年来流传的故事

隐居，出山，建功

而在崇山峻岭的另一端

曲水流觞的兰亭

他也曾和王羲之诸友把盏吟诗

酿就一段千古佳话

一篇行书美文

但更让我们好奇的是

李白如何成为谢灵运谢朓的粉丝

山水诗的鼻祖

如何在谢氏宗祠点燃香烛

用木屐丈量浙南大地

下山时

我们的脚步变得平平仄仄起来

似乎想给这个古老的成语

平添现代诗的节拍

张　炎

张炎,笔名一指,80 后,浙江新昌人。1998 年起学习写诗,曾在《诗选刊》《北方文学》《延河》等纯文学刊物发表若干作品,系浙江省作协会员、新昌县作协副秘书长,出版有诗集《江南寻梦》《我的村庄》。

唐诗之路(组诗)

万马渡小树

风做的主,水做的媒
落籽江中,蜗居小缝

大浪扑打,不言一语
泥沙俱下,憋口气活下

时光放出一支冷箭
来不及惆怅和悲伤
命运受伤,不妨绽出
几棵红芽

遗梦沃洲湖

沃洲湖需要的是故事
就像风吹草青，水柔船动

她的眼神比丝绸更顺滑
她的发丝比细雨更柔顺
她恬静的姿态，足够泛动思念
有关春天，有关无可名状的对眼

坐在边上，该做的事情莫过于
赏花，喝茶，聊起诗歌以及爱情

我们没有说过一句话
我看着那个庄园、那块招牌以及
那双眼。你只是对我笑了笑

今天，杨柳抽芽，青草返青
再次注视这池春水，身影
留在快门里，又是什么
被遗忘了呢

慈云寺偶遇

蛛丝悬空,绛珠口含露珠
佛在帷幔后笑而不语
与情缘相关的意象
已然衰老见空,空留
害人不浅的咳嗽声

蚂蚱,透着化不开的绿
爬上建盏,矮下身
面朝大佛,不疾不徐地朝圣
庙宇的角落以及油中的倒影
透着黑出边际的秋意

它摇晃身体,跌落地面
沾满香灰,它的眼睛只有黑
重新爬上建盏转圈,不发一语

乌泥岗，诗与远方的田野

在新昌小将，那座叫乌泥岗的山岭

在春华秋实上不吝版面

用来发表丹芽们写下的诗行

菩提峰下，满是氤氲的禅道

土的褐色，预示着底蕴

清新的茶香蔓延、流转

带着洞箫的静、太极的动

这是茶尖上，最动人的篇章

乌泥岗，静如处子

即便有茶农劳作，茶商喧哗

一群口含语词的疯子到来时

四百亩的诗意，绽放出了嫩芽

驱车攀上乌泥岗，隔山眺望菩提峰

山体浩瀚如同茶汤，我是那片绿芽

任性地浸泡、翻滚

此刻我属于这，充满诗与远方的田野

兰若寺

兴亡、时代，都已提不起兴趣
只有人鬼情未了，勾勒出
凄凄惨惨戚戚的爱恋绝命图

天涯流落，讨债为生
盘居兰若寺，演绎一段
霓裳绮梦

如今，我怀揣红尘刀
湖山石边，投宿古寺
听不到松梢乌鸦叫
不见风吹叶落
少了轻舟渔樵

故事沉入水底
已装不下满湖衷情和愁肠

日铸岭

五月落雨,打湿了时钟的针脚
如刀,宋朝时光碎落一地
黄袍、高靴,挂在树枝上
在充满悬念中分解

我只是无意间踩上日铸岭
试图用诗意解读青苔
松枝以及石板上的皱纹
历史流水,卷不起涛声

岭上,石柱颓倒
字迹斑驳,我挨坐边上
香烟勾勒不出昔日
只是吹过的风很冷很冷

周能兵

周能兵,安徽望江人,高级记者,绍兴日报社首席记者、浙江省作协会员、绍兴市作协诗歌创委会副主任,著有诗集《大梦》《空谷》。

夜过剡溪（外四首）

1

风坐在竹筏上

顺着剡溪而下

山潜伏在水中

不说一句话

夜色,被溪边的桃枝挑起

一弯明月

2

十年不过一梦

不过是让一朵桃花的容颜

消瘦了几分

竹叶上的风

不再是旧时的相识

月华下的幽思

比越剧的调子拖得还长

3

月色迷茫

剡溪无语

只默默地流淌着

明亮而又充满韵味的一行

4

南风一帖

谁还会被邀到这空旷的月下

我的形影不再孤单

清风下的万籁

才情遍洒

正织就一篇锦绣的文章

5

月色携着剡溪

在暗夜中

静静地挥洒

我在夜里走过剡溪

品味着它的韵味

再次领略剡溪的笔墨之情

并学习剡溪的笔法

兰 亭

这些风是从竹叶里飘出来的
这些绿是从墨香里溢出来的
黄昏的古亭里
端坐着一个俊秀的书生

惠风将竹帘挑开
一枝兰香沾湿了一袭青衫
那管狼毫下
天朗气清

石碑守着白鹅
守着一份旷古的雅事
一湾浅溪读不懂深邃的碑文
流水的行书照耀着天空

青藤书屋

破旧的小院

一个人和寂寞一起

捂住自己的伤口

几株绿竹上

盛满灰色的空寂

清风徐来

"沙沙"落下一串串叹息

那个多病的老人

挂着黄昏的昏黄，又从

明朝的某一径石板路上

歪歪斜斜地走来

破旧的青衫渍满

蜡烛的泪痕

满腹才华吊在

历史的青藤上

将一个朝代的忧郁

打成死结

若耶溪

如果南风从这里吹过

必然有莲花飘出淡淡的清香

那个穿着青衫荡舟采莲的女子

捞起若耶的呢喃

撩在如玉般的青石板上

南风从这里吹起

又从这里折回

把这精致的一帖

撒落在望仙桥畔

如果不是一把寒剑

沾上了这里的嫩蓝

就不会有一曲越歌

穿过岁月的苍茫

开放出无数的诗章

在这里，打开金简玉册

山河才会俯首

天地才能明亮

有一天，如果我也病了

我就坐在这溪边

数着玄天飞星

看一条条青龙遁进这碧绿的波中

我设置好九宫山岗

让它们在八门中游荡

或者，我就坐在那莲花般的山岗之上

随手翻开一本蜡黄的书

让乾坤从字隙里流过

前面是正欲奔腾的狮子

那么，我就从阳明洞天里走出

骑到它们的背上

我不斜吹玉笛

只将青袖沾着一片青蓝

随手一甩，染绿天边的云霞

坐在乌泥岗上

从前山到后山

九月的长度还在拉长

野菊花紧贴着秋意

一路疯长

乌泥岗的山顶上

镶刻着秋的容颜

潦草的秋风挥袖写意

放养着一拨又一拨的白云

左山如龙而卧

后山如月相伴

前山如案如梭

近山如龟蜷缩

远山横戈如虹

谁的一支大笔

斜搁其上

我的箫声

正丈量着乌泥岗的深度

龙潜岗底

风吹云聚

乌牛在深山深处静静咀嚼秋草

独坐山上

杯中的嫩芽

一叶叶舒展

惊视着从山顶落下的

一点一点的星光

弯弯明月
收割了乌泥岗蕴藏十世的
菩提丹芽的清香

朱 曼

朱曼,生于 1974 年 2 月,浙江诸暨人,现居绍兴,文化工作者,有多种文艺作品在各级比赛、展演、汇演中获奖。系浙江省音乐家协会会员、绍兴市合唱联合会副主席,现为越城区文化馆馆长。

山阴道上行(外四首)

有渔舟唱晚是鉴湖
有茂林修竹是兰亭
你来我往,是古山阴道

是顾恺之的"千岩竞秀"
是王羲之的"如在镜中游"
是王献之的"山川自相映发"
是袁宏道的"芊如草"
是徐蔚南"修长的石路"

千年时光被历史一遍遍洗刷
游人接踵而至,岁月一次次翻新
山阴道,从东跨湖桥转身而过

魏晋已在身后,唐宋元明清也在身后
兰亭畅饮,徐渭的归宿,阳明的静守
历史隐藏在葱茏里。只有你我途经时
一遍遍在青山绿水里翻阅古人
说山水,说人文,说时光瞬间而过
山阴道依旧是时光里的山阴道

从若耶溪到云门寺

这是条水路,古人泛舟云游
留下魏晋风度和唐诗宋词

我是一介女子,不带金樽素酒
乘着风雨,去听云门梵音,给身心减负
听超凡脱俗,洗礼灵魂。在一味禅茶里
远离人间伪善。藏进自己的小幻想

从若耶溪到云门寺
溪水如旧流向大海,人间始终代代变迁
献之砚池有待考证,陆游草庐不见踪影

"若耶溪边采莲女,笑隔荷花共人语。"

虚名、重利、殿堂，皆已成过往
唯有李白诗里满是人间欢乐

镜湖书

永和五年，三五八里周围，一二七里长堤
时间与数据描绘了镜湖浩瀚

李白慕名远游，陆游匆匆归来
徐文长写下竹枝词
诗文里，写着古代镜湖之美

时光侵蚀，泥土驱逐
田野、村庄浮出湖面，胁迫水交出领地
让镜湖浩瀚藏进时光深处

今天，我们把她比作古城的母亲
唱着"草丛间失落了一个大湖"

兰亭记

在"曲水流觞"里捞起酒杯
穿仿古服的人们无心诗意
他们谈笑,说东晋,说风雅,说向往
准备养一群白鹅,临摹《兰亭集序》
最后,他们一起说:好酒

缺一杯酒,就不是兰亭
吟一首诗,你就少喝一杯

我们坚信,让他们回到永和九年
右军就写不出"天下第一行书"
吟诗作赋,至多是假装风雅
醉翁之意早就不在诗

西施山感怀

在霓虹闪烁里穿越,两千五百年

淡若湖水。我想起蝴蝶在青丝上飞舞

娇艳如花的人去了吴国

在馆娃阁里绘制一张回家的地图

西施山，在传说里

留下舞步、音乐和美人的泪

我相信存在，也恐惧存在

传说里，美人浣纱、沉鱼落雁、蝴蝶翩跹

传说里，西施在归来的途中沉入钱塘浪涛

一声叹息，被湖水散淡成水墨

留下山，空守千年

后　记

　　打造浙东唐诗之路文化品牌，是浙江省委、绍兴市委的重要工作举措，也是文化浙江建设和绍兴文化建设的重要内容。

　　浙东唐诗之路自 20 世纪 90 年代提出以来，一直受到文化学术界的重视，研究成果不断涌现，影响力也日益扩大。2013 年以来，为弘扬和继承绍兴优秀传统文化、表达对前辈先贤的敬意、倡导深入生活创作具有本土特色的诗歌精品，绍兴市作家协会诗歌创作委员会、绍兴诗人部落先后会同新昌、上虞、嵊州、柯桥、越城等地作家协会和有关乡镇，组织绍兴新诗人重走唐诗之路系列采风活动，相继对浙东唐诗之路的重要节点沃洲湖、天姥山、剡溪、覆卮山、曹娥江、东山、若耶溪、秦望山、云门寺、鉴湖等进行了重游寻访，通过采风活动创作出了一大批反映"唐诗之路"山水人文的现代诗歌作品。这些诗歌既有对先贤的继承与仰慕，又有对新时代的歌咏与赞美，赋予了浙东唐诗之路新的光芒，当代诗人的吟唱使唐诗之路又一次散发出迷人的魅力。不少作品已在《诗刊》《星星》《诗歌月刊》及《绍兴日报》《绍兴晚报》等各级报刊发表，还有众多的自媒体、公众号都推送了有关作品，在诗歌界和社会上产生了一定影响，广泛宣传了浙东山水之美、人文底蕴之深厚，为推动唐诗之路的研究与旅游开发发挥了独特的积极作用。个别诗人还单独赴浙东唐诗之路起点段萧山、终点段天台等地走访，5年多的时间里，浙东唐诗之路上的重要节点几乎都有了绍兴诗人行走的背影、深深浅浅的足迹与发自内心的吟唱。

这一本《诗路新韵》，收集了50位诗人的200余首诗歌，是从近500首来稿中编选而成的。沉甸甸的一本诗集，呈现的是绍兴诗人对家园的热爱、对文化的自信、对历史的敬意，更是对当下的歌赞、对传统的承继、对美好生活的向往！

编选出版绍兴新诗人重走唐诗之路作品集，是很早就有的想法，但一直没有做成。这一次获得了市委宣传部的大力支持，诗人们的念想终于成为了现实，这是绍兴诗歌界的大喜事！也是全市文化界的大好事！我们知道，收录在这本诗集里的作品虽然无法媲美魏晋、唐宋以来那些前辈先贤留下的千古佳作，但我们出版此书的目的，更多是在于用我们今天的吟唱来展示后来者的情怀，也为更多的后来者留下一点可资考量的痕迹！为浙东唐诗之路这一座文化大厦的辉煌灿烂添加几缕光彩！

感谢市委常委、宣传部长丁如兴先生百忙之中为诗集写下精彩序言！

感谢绍兴诗人们的辛劳行走和创作！感谢一路上为我们重走唐诗之路提供了帮助的有关机构和组织！

"借问剡中道，东南指越乡。"感谢绍兴这片土地为我们留下了如此丰厚的礼物！如果条件允许，我们将在未来的日子里组织市外各省市诗人、甚至国际诗人来浙东唐诗之路上走一走、写一写！

东方浩

2019 年 4 月 6 日